语言素质教育
精品读本

中小学生诵读名家美文

事与人

朱自清 等◎著

中国文史出版社

图书在版编目（CIP）数据

事与人 / 朱自清等著. — 北京：中国文史出版社，2020.1

（中小学生诵读名家美文 / 张春霞主编）

ISBN 978-7-5205-1743-0

Ⅰ. ①事… Ⅱ. ①朱… Ⅲ. ①散文集 — 中国 — 现代 Ⅳ. ①I266

中国版本图书馆CIP数据核字（2019）第270645号

责任编辑： 牛梦岳

出版发行：**中国文史出版社**
社　　址：北京市海淀区西八里庄69号院　邮编：100142
电　　话：010-81136606　81136602　81136603（发行部）
传　　真：010-81136655
印　　装：北京新华印刷有限公司
经　　销：全国新华书店
开　　本：880mm × 1230mm　1/32
印　　张：8.5　　字数：180千字
版　　次：2020年3月第1版
印　　次：2023年1月第4次印刷
定　　价：48.00元

目录 | *Contents*

风　筝

鲁　迅

北京的冬季，地上还有积雪，灰黑色的秃树枝丫杈于晴朗的天空中，而远处有一二风筝浮动，在我是一种惊异和悲哀。

故乡的风筝时节，是春二月，倘听到沙沙的风轮声，仰头便能看见一个淡墨色的蟹风筝或嫩蓝色的蜈蚣风筝。还有寂寞的瓦片风筝，没有风轮，又放得很低，伶仃地显出憔悴可怜模样。但此时地上的杨柳已经发芽，早的山桃也多吐蕾，和孩子们的天上的点缀相照应，打成一片春日的温和。我现在在哪里呢？四面都还是严冬的肃杀，而久经诀别的故乡的久经逝去的春天，却就在这天空中荡漾了。

但我是向来不爱放风筝的，不但不爱，并且嫌恶他，因为我以为这是没出息孩子所做的玩意。和我相反的是我的小兄弟，他那时大概十岁内外罢，多病，瘦得不堪。然而最喜欢风筝，自己买不起，我又不许放，他只得张着小嘴，呆看着空中出神，有时至于小半日。

远处的蟹风筝突然落下来了，他惊呼；两个瓦片风筝的缠绕解开了，他高兴地跳跃。他的这些，在我看来都是笑柄，可鄙的。

有一天，我忽然想起，似乎多日不很看见他了，但记得曾见他在后园拾枯竹。我恍然大悟似的，便跑向少有人去的一间堆积杂物的小屋去，推开门，果然就在尘封的什物堆中发现了他。他向着大方凳，坐在小凳上；便很惊惶地站了起来，失了色瑟缩着。大方凳旁靠着一个蝴蝶风筝的竹骨，还没有糊上纸，凳上是一对做眼睛用的小风轮，正用红纸条装饰着，将要完工了。我在破获秘密的满足中，又很愤怒他的瞒了我的眼睛，这样苦心孤诣地来偷做没出息孩子的玩艺。我即刻伸手折断了蝴蝶的一支翅骨，又将风轮掷在地下，踏扁了。论长幼，论力气，他是都敌不过我的，我当然得到完全的胜利，于是傲然走出，留他绝望地站在小屋里。后来他怎样，我不知道，也没有留心。

然而我的惩罚终于轮到了，在我们离别得很久之后，我已经是中年，我不幸偶尔看了一本外国的讲论儿童的书，才知道游戏是儿童最正当的行为，玩具是儿童的天使。于是二十年来毫不忆及的幼小时候对于精神的虐杀的这一幕忽地在眼前展开，而我的心也仿佛同时变了铅块，很重很重地堕下去了。

但心又不竟堕下去而至于断绝，他只是很重很重地坠着，坠着。

我也知道有补过的方法的：送他风筝，赞成他放，劝他放，我和他一同放。我们嚷着，跑着，笑着。——然而他其时已经和我一样，早已有了胡子了。

我也知道还有一个补过的方法的：去讨他的宽恕，等他说，“我可是毫不怪你呵”。那么，我的心一定就轻松了，这确是一个可行的方法。有一回，我们会面的时候，是脸上都已添刻了许多“生”的辛苦的条纹，而我的心很沉重。我们渐渐谈起儿时的旧事来，我便叙述到这一节，自说少年时代的糊涂。“我可是毫不怪你呵。”我想，他要说了，我即刻便受了宽恕，我的心从此也宽松了罢。

“有过这样的事么？”他惊异地笑着说，就像旁听着别人的故事一样。他什么也不记得了。

全然忘却，毫不怨恨，又有什么宽恕之可言呢？无怨的恕，说谎罢了。

我还能希求什么呢？我的心只得沉重着。

现在，故乡的春天又在这异地的空中了，既给我久经逝去的儿时的回忆，而一并也带着无可把握的悲哀，我倒不如躲到肃杀的严冬中去罢，——但是，四面又明明是严冬，正给我非常的寒威和冷气。

悲哀的玩具

李广田

依然不记得年龄，只知道是小时候罢了。

我不曾离开过我的乡村——除却到外祖家去——而对于自己的乡村又是这样的生疏，甚至有几分恐怖。虽说只是一个村子吧，却有四里长的大街，漫说从我家所在的村西端到街东首去玩，那最热闹的街的中段，也不曾有过我的足迹，那时候我的世界是那样狭小而又那样广漠呀。

父亲在野外忙，母亲在家里忙，剩下的只有老祖母，她给我说故事，唱村歌，有时听着她的纺车声嗡嗡地响，我便独自坐在一旁发呆。这样的，便是我的家了。

我也常到外面去玩，但总是自己个。街上的孩子们都不和我一块游戏，即使为了凑人数而偶尔参加进去，不幸，我却每是作了某方面失败的原因，于是自己也觉得无趣了。起初是怕他们欺侮我，也许，欺侮了无能的孩子便不英雄吧，他们并不曾对我有什么欺侮，只是远离我，然而这远离，就已经是向我欺侮了，时常，一个人踽踽地沿墙角走回家去，“他们不和俺玩”，这样说，一头扑在了祖母的怀里，祖母摸着我的头顶，说：“好孩子，自己玩吧。”

虽然还是小孩子，寂寞的滋味是知道得很多了。到了成年的现在，也还是苦于寂寞，然而这寂寞已不是那寂寞，现在想起那孩子时代的寂寞，也觉得是颇可怀念的了。

父亲老是那么阴沉，那么严峻，仿佛历来就不曾看见过他有笑脸，母亲虽然是爱我——我心里如是想——但她从未曾背着父亲给我买过糖果，只说，“见人家买糖果就得走开”。虽然幼小，也颇知道母亲的用心了，见人家大人孩子围着敲糖锣的担子时，我便咽咽唾沫，幽手幽脚地走开，后来，只要听到外面有糖锣声，便不再出门去了。

实际上说来，那时候也就只有祖母一个人是爱我的，她尽可能地安慰我，如用破纸糊了小风筝，用草叶作了小笛，用秫秸扎了车马之类，都很喜欢。某日，我刚从外边回家，她老远地用手招我，低声说：“来。”

我跑去了，“什么呢，奶奶？”我急喘地问。

“玩意儿，孩子。”奶奶一边说，从针线笸里取出一包棉花，伸开看时，里面却是包了一只小麻雀。我简直喜得雀跃了。

“哪来的麻雀呀，奶奶？”

“拾的，从檐下。八成是它妈妈从窝里带出来的。”

“怎样带到地下来？”

“傻孩子！大麻雀在窝里抱它，要到外面去给它打食，不料出窝时飞得太猛了，就把它带了出来，几乎把它摔死哩。”

我半信半疑地，心里有点黯然了，原是只不幸的小麻雀呀，然而我有了好玩具了。立刻从下取出了小竹筐，里面铺了棉花，上面蒙了布片，这就是我的鸟笼了。饿了便喂它，我吻它那黄嘴角；不饿也喂它，它却不开口了。携了竹筐在院里走来走去，母亲见了说：“你可有了好玩物了。”

这时，我心里暗暗地想道：那些野孩子，要远离就远离了吧，今后我就不再出门了，反正家里有祖母，又有了这玩物，要它长大起来能飞的时候就更好了。

晌午，父亲从野外归来，照例，一见他便觉得不快，但，我又怎晓得养麻雀是不应当呢！

“什么？”父亲厉声问。

“麻——雀——”我的头垂下了。

“拿过来！”话犹未了，小竹筐已被攫去了；不等我抬起头来，只听忽地一声，小竹筐已经飞上了屋顶。

我自然是哭了，哭也不敢高声，高声了不是就要挨打吗？当这些场合，母亲永是站在父亲一边，有时还说“狠打！狠打！”似乎又痛又恨的样子。有时候母亲也曾为了我而遭父亲的拳脚，这样的心，在作为小孩子的我就不大懂得了。最后，还是倒在祖母怀里去啜泣。这时，父亲好像已经息怒，只远远地说：“小孩子家，糟践信门[①]，还不给我下地去拾草去！”接着是一声叹气。

祖母低声骂着，说：“你爹不是好东西，上不痛老的，下不痛小的，只知道省吃俭用敲坷垃[②]！不要哭了，好孩子，到明天奶奶爬树给你摸只小野鹊吧。”一边说一边给我擦眼泪。

哭一阵，什么也忘了，反正，这类事是层出不穷的。究竟那只小麻雀的下落怎样，已经不记得了。似乎到了今日才又关心到二十年前的那只小麻雀，那只不幸的小麻雀，我觉得它是更可哀的了，离开了父母的爱，离开了兄弟姊妹，离开了温暖的巢穴被老祖母捡到了我的小竹筐里，不料又被父亲给抛到那荒凉的屋顶上去，寂寞的小鸟，没有爱的小鸟，遭了厄运的小鸟！

在当时，确是恨父亲的，现在却是不然：反觉得他是可悯的。每当我想起：一个头发已经斑白的农夫，还是披星戴月地忙碌，为饥寒所逼迫，为风日所摧损，前面也只剩下短短的岁月了，便不由得悲伤起来。而且，他生自土中，长自土中，从年少就用了他的污汗去灌溉那些沙土，想从那些沙土里去取得一家老幼之所需，父亲有那样的脾气，也是无足怪的了。听说，现在他更衰老了些，而且也时常念想到他久客他乡的儿子。

---

① 糟践信门，即草菅生命。

② 敲坷垃，即劳苦种田。

一件小事

鲁　迅

我从乡下跑到京城里，一转眼已经六年了。其间耳闻目睹的所谓国家大事，算起来也很不少；但在我心里，都不留什么痕迹，倘要我寻出这些事的影响来说，便只是增长了我的坏脾气，——老实说，便是教我一天比一天地看不起人。

但有一件小事，却于我有意义，将我从坏脾气里拖开，使我至今忘记不得。

这是民国六年的冬天，大北风刮得正猛，我因为生计关系，不得不一早在路上走。一路几乎遇不见人，好容易才雇定了一辆人力车，教他拉到S门去。不一会，北风小了，路上浮尘早已刮净，剩下一条洁白的大道来，车夫也跑得更快。刚近S门，忽而车把上带着一个人，慢慢地倒了。

跌倒的是一个女人，花白头发，衣服都很破烂。伊从马路上突然向车前横截过来；车夫已经让开道，但伊的破棉背心没有上扣，微风吹着，向外展开，所以终于兜着车把。幸而车夫早有点停步，否则伊定要栽一个大斤斗，跌到头破血出了。

伊伏在地上；车夫便也立住脚。我料定这老女人并没有伤，又没有别人看见，便很怪他多事，要自己惹出是非，也误了我的路。

我便对他说："没有什么的。走你的罢！"

车夫毫不理会，——或者并没有听到，——却放下车子，扶那老女人慢慢起来，搀着臂膊立定，问伊说：

"你怎么啦？"

"我摔坏了。"

我想，我眼见你慢慢倒地，怎么会摔坏呢，装腔作势罢了，这真可憎恶。车夫多事，也正是自讨苦吃，现在你自己想法去。

车夫听了这老女人的话，却毫不踌躇，仍然搀着伊的臂膊，便一步一步地向前走。我有些诧异，忙看前面，是一所巡警分驻所，大风之后，外面也不见人。这车夫扶着那老女人，便正是向那大门走去。

我这时突然感到一种异样的感觉，觉得他满身灰尘的后影，刹时高大了，而且愈走愈大，须仰视才见。而且他对于我，渐渐地又几乎变成一种威压，甚而至于要榨出皮袍下面藏着的"小"来。

我的活力这时大约有些凝滞了，坐着没有动，也没有想，直到看见分驻所里走出一个巡警，才下了车。

巡警走近我说："你自己雇车罢，他不能拉你了。"

我没有思索地从外套袋里抓出一大把铜元，交给巡警，说："请你给他……"

风全住了，路上还很静。我走着，一面想，几乎怕敢想到自己。以前的事姑且搁起，这一大把铜元又是什么意思？奖他么？我还能裁判车夫么？我不能回答自己。

这事到了现在，还是时时记起。我因此也时时熬了苦痛，努力地要想到我自己。几年来的文治武力，在我早如幼小时候所读过的“子曰诗云”一般，背不上半句了。独有这一件小事，却总是浮在我眼前，有时反更分明，教我惭愧，催我自新，并且增长我的勇气和希望。

生命的价格——七毛钱

朱自清

生命本来不应该有价格的；而竟有了价格！人贩子，老鸨，以至近来的绑票土匪，都就他们的所有物，标上参差的价格，出卖于人；我想将来许还有公开的人市场呢！在种种“人货”里，价格最高的，自然是土匪们的票了，少则成千，多则成万；大约是有历史以来，“人货”的最高的行情了。其次是老鸨们所有的妓女，由数百元到数千元，是常常听到的。最贱的要算是人贩子的货色！他们所有的，只是些男女小孩，只是些“生货”，所以便卖不起价钱了。

人贩子只是“仲买人”，他们还得取给于“厂家”，便是出卖孩子们的人家。“厂家”的价格才真是道地呢！《青光》里曾有一段记载，说三块钱买了一个丫头；那是移让过来的，但价格之低，也就够令人惊诧了！“厂家”的价格，却还有更低的！三百钱、五百钱买一个孩子，在灾荒时不算难事！但我不曾见过。我亲眼看见的一条最贱的生命，是七毛钱买来的！这是一个五岁的女孩子。一个五岁的“女孩子”卖七毛钱，也许不能算是最贱；但请您细看：将一条生命的自由和七枚小银元各放在天平的一个盘里，您将发现，正如几头牛与一根牛毛一样，两个盘儿的重量相差实在太远了！

我见这个女孩，是在房东家里。那时我正和孩子们吃饭；妻走来叫我看一件奇事，七毛钱买来的孩子！孩子端端正正地坐在条凳上；面孔黄黑色，但还丰润；衣帽也还整洁可看。我看了几眼，觉得和我们的孩子也没有什么差异；我看不出她的低贱的生命的符记——如我们看低贱的货色时所容易发现的符记。我回到自己的饭桌上，看看阿九和阿菜，始终觉得和那个女孩没有什么不同！但是，我毕竟发现真理了！我们的孩子所以高贵，正因为我们不曾出卖他们，而那个女孩所以低贱，正因为她是被出卖的；这就是她只值七毛钱的缘故了！呀，聪明的真理！

妻告诉我这孩子没有父母，她哥嫂将她卖给房东家姑爷开的银匠店里的伙计，便是带着她吃饭的那个人。他似乎没有老婆，手头很窘的，而且喜欢喝酒，是一个糊涂的人！我想这孩子父母若还在世，或者还舍不得卖她，至少也要迟几年卖她；因为她究竟是可怜可怜的小羔羊。到了哥嫂的手里，情形便不同了！家里总不宽裕，多一张嘴吃饭，多费些布做衣，是显而易见的。将来人大了，由哥嫂卖出，究竟是为难的；说不定还得找补些儿，才能送出去。这可多么冤呀！不如趁小的时候，谁也不注意，做个人情，送了干净！您想，温州不算十分穷苦的地方，也没碰着大荒年，干什么得了七个小毛钱，就心甘情愿地将自己的小妹子捧给人家呢？说等钱用？

谁也不信！七毛钱了得什么急事！温州又不是没人买的！大约买卖两方本来相知；那边恰要个孩子玩儿，这边也乐得出脱，便半送半卖地含糊定了交易，我猜想那时伙计向袋里一摸，一股脑儿掏了出来，只有七毛钱！哥哥原也不指望着这笔钱用，也就大大方方收了完事。于是财货两交，那女孩便归伙计管业了！

这一笔交易的将来，自然是在运命手里；女儿本姓“碰”，由她去碰罢了！但可知的，运命决不加惠于她！第一幕的戏已启示于我们了！照妻所说，那伙计必无这样耐心，抚养她成人长大！他将像豢养小猪一样，等到相当的肥壮的时候，便卖给屠户，任他宰割去；这其间他得了赚头，是理所当然的！但屠户是谁呢？在她卖做丫头的时候。便是主人！“仁慈的”主人只宰割她相当的劳力，如养羊而剪它的毛一样。到了相当的年纪，便将她配人。能够这样，她虽然被撳在丫头坯里，却还算不幸中之幸哩。但在日下这钱世界里，如此大方的人究竟是少的；我们所见的，十有六七是刻薄人！她若卖到这种人手里，他们必搒榨她过量的劳力，供不应求时，便骂也来了，打也来了！等她成熟时，却又好转卖给人家作妾；平常搒榨的不够，这儿又找补一个尾子！偏生这孩子模样儿又不好；入门不能得丈夫的欢心，容易遭大妇的凌虐，又是显然的！她的一生，将消磨于眼泪中了！也有些主人自己收婢作妾的；但红颜白发，也只空断送了她的一生！和前例相较，只是五十步与百步而已。——更可危的，她若被那伙计卖在妓院里，老鸨才真是个令人肉颤的屠户呢！我们可以想到：她怎样逼她学弹学唱，怎样驱遣她去做粗活！

怎样用藤筋打她，用针刺她！怎样督责她承欢卖笑！她怎样吃残羹冷饭！怎样打熬着不得睡觉！怎样终于生了一身毒疮！她的相貌使她只能做下等妓女；她的沦落风尘是终生的！她的悲剧也是终生的！——唉！七毛钱竟买了你的全生命——你的血肉之躯竟抵不上区区七个小银元么？生命真太贱了！生命真太贱了！

因此想到自己的孩子的运命，真有些胆寒！钱世界里的生命市场存在一日，都是我们孩子的危险！都是我们孩子的侮辱！您有孩子的人呀，想想看，这是谁之罪呢？这是谁之责呢？

清　贫

方志敏

我从事革命斗争已经十余年了。在这长期的奋斗中，我一向是过着朴素的生活，从没有奢侈过。经手的款项，总在数百万元；但为革命而筹集的金钱，是一点一滴地用之于革命事业。这在国方[1]的伟人们看来，颇似奇迹，或认为夸张；而矜持不苟，舍己为公，却是每个共产党员具备的美德。所以，如果有人问我身边有没有一些积蓄，那我可以告诉你一桩趣事。

就在我被俘的那一天——一个最不幸的日子，有两个国方兵士，在树林中发现了我，而且猜到我是什么人的时候，他们满肚子热望在我身上搜出一千或八百大洋，或者搜出一些金镯金戒指一类的东西，发个意外之财。哪知道从我上身摸到下身，从袄领捏到袜底，除了一只时表和一支自来水笔之外，一个铜板都没有搜出。他们于

① 国方，指国民党方面。

是激怒起来了，猜疑我是把钱藏在哪里，不肯拿出来。他们之中有一个，左手拿着一个木柄榴弹，右手拉出榴弹中的引线，双脚拉开一步，做出要抛掷的姿势，用凶恶的眼光盯住我，威吓地吼道：

“赶快将钱拿出来，不然就是一炸弹把你炸死去！”

“哼！你不要做出那难看的样子来吧！我确实一个铜板都没有存；想从我这里发洋财，是想错了。”我微笑淡淡地说。

“你骗谁，像你当大官的人会没有钱？”拿榴弹的兵士坚决不相信。

“绝不会没有钱的，一定是藏在哪里，我是老出门的，骗不得我。”

另一个兵士一面说，一面弓着背重来一次将我的衣角裤裆过细地捏，总企望着有新的发现。

“你们要相信我的话，不要瞎忙吧！我不比你们国民党当官，个个都有钱，我今天确实是一个铜板也没有，我们革命不是为着发财啦！”我再向他们解释。

等他们确知在我身上搜不出什么的时候，也就停手不搜了；又在我藏躲地方的周围，低头注目搜寻了一番，也毫无所得。他们是多么的失望啊！那个持弹欲放的兵士，也将拉着的引线，仍旧塞进榴弹的木柄里，转过来抢夺我的表和水笔。后彼此说定表和笔卖出钱来平分，才算无话。他们用怀疑而又惊异的目光，对我自上而下地望了几遍，就同声命令地说：“走吧！”

是不是还要问问我家里有没有一些财产？请等一下，让我想一想。啊，记起来了，有的有的，但不算多。去年暑天我穿的几套旧的汗褂裤与几双缝上底的线袜，已交给我的妻放在深山坞里保藏着——怕国军进攻时，被人抢了去，准备今年暑天拿出来再穿；那些就算是我唯一的财产了。但我说出那几件传世宝来，岂不要叫那些富翁们齿冷三天？！

清贫，洁白朴素的生活，正是我们革命者能够战胜许多困难的地方！

养　花

老　舍

我爱花，所以也爱养花。我可还没成为养花专家，因为没有工夫去研究和试验。我只把养花当作生活中的一种乐趣，花开得大小好坏都不计较，只要开花，我就高兴。在我的小院子里，一到夏天，满是花草，小猫只好上房去玩耍，地上没有它们的运动场。

花虽多，但是没有奇花异草。珍贵的花草不易养活，看着一棵好花生病欲死是件难过的事。我不愿时时落泪。北京的气候，对养花来说，不算很好。冬天冷，春天多风，夏天不是干旱就是大雨倾盆，秋天最好，可是会忽然闹霜冻。在这种气候里，想把南方的好花养活，我还没有那么大的本事。因此，我只养些好种易活、自己会奋斗的花草。

不过，尽管花草自己会奋斗，我若置之不理，任其自生自灭，它们多数还是会死的。我得天天照管它们，像好朋友似的关切它们。一来二去，我摸着一些门道：有的喜阴，就别放在太阳地里；有的喜干，就别多浇水。这是个乐趣，摸着门道，花草养活了，而且三年五载老活着、开花，多么有意思呀！不是乱吹，这就是知识呀！多得些知识，一定不是坏事。

我不是有腿病吗，不但不利于行，也不利于久坐。我不知道花草们受我的照顾，感谢我不感谢；我可得感谢它们。在我工作的时候，总是写了几十个字，就到院子里去看看，浇浇这棵，搬搬那盆，然后回到屋里再写一点，然后再出去，如此循环，把脑力劳动和体力劳动结合到一起，有益身心，胜于吃药。要是赶上狂风暴雨或天气突变哪，就得全家动员，抢救花草，十分紧张。几百盆花，都要很快地抢到屋里去，使人腰酸腿疼，热汗直流。第二天，天气好转，又得把花都搬出去，就又一次腰酸腿疼，热汗直流。可是，这多么有意思呀！不劳动，连棵花也养不活，这难道不是真理么？

送牛奶的同志，进门就夸“好香”！这使我们全家都感到骄傲。赶到昙花开放的时候，约几位朋友来看看，更有秉烛夜游的神气——昙花总在夜里开放。花分根了，一棵分为数棵，就赠给朋友们一些；看着友人拿走自己的劳动果实，心里自然特别欢喜。

当然，也有伤心的时候，今年夏天就有这么一回。三百棵菊秧还在地上（没到移入盆中的时候），下了暴雨，邻家的墙倒了下来，菊秧被砸死三十多种，一百多棵。全家几天都没有笑容！

有喜有忧，有笑有泪，有花有果，有香有色。既须劳动，又长见识，这就是养花的乐趣。

饿

刘半农

他饿了。他静悄悄地立在门口，他也不想什么，只是没精没采，把一个指头放在口中咬。

他看见门对面的荒场上，正聚集着许多小孩，唱歌的唱歌，捉迷藏的捉迷藏。

他想：我也何妨去？但是，我总觉得没有气力，我便坐在门槛上看看罢。

他眼看着地上的人影，渐渐地变长；他眼看着太阳的光，渐渐地变暗。“妈妈说的，这是太阳要回去睡觉了。”

他看见许多人家的烟囱，都在那里出烟；他看见天上一群群的黑鸦，咿咿呀呀地叫着，向远远的一座破塔上飞去。他说：“你们都回去睡觉了么？你们都吃饱了晚饭了么？”

他远望着夕阳中的那座破塔，尖头上生长着几株小树，许多枯草。他想着人家告诉他：那座破塔里，有一条“斗大的头的蛇”！他说：“哦！怕啊！”

他回进门去，看见他妈妈，正在屋后小园中洗衣服——是洗人家的衣服——一只脚摇着摇篮；摇篮里的小弟弟，却还不住地啼哭。他又恐怕他妈妈，向他垂着眼泪说：“大郎！你又来了！”他就一响也不响，重新跑了出来！

他爸爸是出去的了，他却不敢在空屋子里坐；他觉得黑沉沉的屋角里，闪动着一双睁圆的眼睛——不是别人的，恰恰是他爸爸的眼睛！

他一响也不响，重新跑了出来，——仍旧是没精没采的，咬着一个小指头；仍旧是没精没采，在门槛上坐着。

他真饿了！——饿得他的呼吸，也不平均了；饿得他全身的筋肉，竦竦地发抖！可是他并不啼哭，只在他直光的大眼眶里，微微有些泪痕！因为他是有过经验的了！——他啼哭过好多次，却还总得要等，要等他爸爸买米回来！

他想爸爸真好啊！他天天买米给我们吃。但是一转身，他又想着了——他想着他爸爸，有一双睁圆的眼睛！

他想到每吃饭时，他吃了一半碗，想再添些，他爸爸便睁圆了眼睛说：“小孩子不知道‘饱足’，还要多吃！留些明天吃罢！”他妈妈总是垂着眼泪说：“你便少喝一‘开’酒，让他多吃一口罢！再不然，便譬如是我——我多吃了一口！”他爸爸不说什么，却睁圆着一双眼睛！

他也不懂得爸爸的眼睛，为什么要睁圆着，他也不懂得妈妈的眼泪，为什么要垂下。但是，他就此不再吃，他就悄悄地走开了！

他还常常想着他姑母——“啊！——好久了！妈妈说，是三年了！”三年前，他姑母来时，带来两条咸鱼，一方咸肉。他姑母不久就去了，他却天天想着她。他还记得有一条咸鱼，接在窗口，直挂到过年！

他常常问他的妈妈：“姑母呢？我的好姑母，为什么不来？”他妈妈说：“她住得远咧！——有五十里路，走要走一天！”

是呀，他天天是同样地想，——他想着他妈妈，想着他爸爸，想着他摇篮里的弟弟，想着他姑母。他还想着那破塔中的一条蛇，他说：“它的头有斗一样大，不知道它两只眼睛有多大？”

他咬着指头，想着想着，直想到天黑。他心中想的，是天天一样，他眼中看见的，也是天天一样。

他又听见一声听惯的“哇……乌……”，他又看见那卖豆腐花的，把担子歇在对面的荒场上。孩子们都不游戏了，都围起那担子来，捧着小碗吃。

他也问过妈妈：“我们为什么不吃豆腐花？”妈妈说：“他们是吃了就不再吃晚饭的了！”他想，他们真可怜啊！只吃那一小碗东西，不饿的么？但是他很奇怪，他们为什么不饿？同时担子上的小火炉，煎着酱油，把香风一阵阵送来，叫他分外地饿了！

天渐渐地暗了，他又看见五个看惯的木匠，依旧是背着斧头锯子，抽着黄烟走过。那个年纪最大的——他知道他名叫“老娘舅”——依旧是喝得满面通红，一跛一跛地走；一只手里，还提着半瓶黄酒。

他看着看着，直看到远远的破塔已渐渐地看不见了；那荒场上的豆腐花担子，也挑着走了。他于是和天天一样，看见那边街头上，来了四个兵，都穿着红边马褂：两个拿着军棍，两个打着灯。后面是一个骑马的兵官，戴着圆圆的眼镜。

荒场上的小孩，远远地看见兵来，都说“夜了”！一下子就不见了！街头躺着一只黑狗，却跳了起来，紧跟着兵官的马脚，汪汪地嗥！

他也说：“夜了夜了！爸爸还不回来，我可要进去了！”他正要掩门，又看见一个女人，手里提着几条鱼，从他面前走过。他掩上了门，在微光中摸索着说：“这是什么人家的小孩的姑母啊！”

我的母亲

胡 适

我小时身体弱，不能跟着野蛮的孩子们一块儿玩。我母亲也不准我和他们乱跑乱跳。小时不曾养成活泼游戏的习惯，无论在什么地方，我总是文绉绉地。所以家乡老辈都说我“像个先生样子”，遂叫我做“糜先生”[1]。这个绰号叫出去之后，人都知道三先生的小儿子叫作糜先生了。既有“先生”之名，我不能不装出点“先生”样子，更不能跟着顽童们“野”了。有一天，我在我家八字门口和一班孩子“掷铜钱”，一位老辈走过，见了我，笑道：“糜先生也掷铜钱吗？”我听了羞愧得面红耳热，觉得太失了“先生”的身份！

大人们鼓励我装先生样子，我也没有嬉戏的能力和习惯，又因为我确是喜欢看书，故我一生可算是不曾享过儿童游戏的生活。每年秋天，我的庶祖母同我到田里去“监割”（顶好的田，水旱无忧，

---

① 胡适小时曾用名“嗣糜”，昵称“糜儿”，故称。

收成最好，佃户每约田主来监割，打下谷子，两家平分），我总是坐在小树下看小说。十一二岁时，我稍活泼一点，居然和一群同学组织了一个戏剧班，做了一些木刀竹枪，借得了几副假胡须，就在村口田里做戏。我做的往往是诸葛亮、刘备一类的文角儿；只有一次我做史文恭，被花荣一箭从椅子上射倒下去，这算是我最活泼的玩意儿了。

我在这九年（1895—1904）之中，只学得了读书写字两件事。在文字和思想（看文章）的方面，不能不算是打了一点底子。但别的方面都没有发展的机会。有一次我们村里“当朋”（八都凡五村，称为“五朋”，每年一村轮着做太子会，名为“当朋”）筹备太子会，有人提议要派我加入前村的昆腔队里学习吹笙或吹笛。族里长辈反对，说我年纪太小，不能跟着太子会走遍五朋。于是我便失掉了这学习音乐的唯一机会。三十年来，我不曾拿过乐器，也全不懂音乐；究竟我有没有一点学音乐的天资，我至今还不知道。至于学图画，更是不可能的事。我常常用竹纸蒙在小说书的石印绘像上，摹画书上的英雄美人。有一天，被先生看见了，挨了一顿大骂，抽屉里的图画都被搜出撕毁了。于是我又失掉了学做画家的机会。

但这九年的生活，除了读书看书之外，究竟给了我一点做人的训练。在这一点上，我的恩师便是我的慈母。

每天天刚亮时，我母亲便把我喊醒，叫我披衣坐起。我从不知道她醒来坐了多久了。她看我清醒了，便对我说昨天我做错了什么事，说错了什么话，要我认错，要我用功读书。有时候她对我说父亲的种种好处，她说："你总要踏上你老子的脚步。我一生只晓得这一个完全的人，你要学他，不要跌他的股。"（跌股便是丢脸出丑。）她说到伤心处，往往掉下泪来。到天大明时，她才把我的衣服穿好，催我去上早学。学堂门上的锁匙放在先生家里；我先到学堂门口一望，便跑到先生家里去敲门。先生家里有人把锁匙从门缝里递出来，我拿了跑回去，开了门，坐下念生书。十天之中，总有八九天我是第一个去开学堂门的。等到先生来了，我背了生书，才回家吃早饭。

我母亲管束我最严，她是慈母兼任严父。但她从来不在别人面前骂我一句，打我一下，我做错了事，她只对我一望，我看见了她的严厉眼光，便吓住了。犯的事小，她等到第二天早晨我睡醒时才教训我。犯的事大，她等到晚上人静时，关了房门，先责备我，然后行罚，或罚跪，或拧我的肉。无论怎样重罚，总不许我哭出声音来。她教训儿子不是借此出气叫别人听的。

有一个初秋的傍晚，我吃了晚饭，在门口玩，身上只穿着一件单背心。这时候我母亲的妹子玉英姨母在我家住，她怕我冷了，拿了一件小衫出来叫我穿上。我不肯穿，她说："穿上吧，凉了。"我随口回答："娘（凉）什么！老子都不老子呀。"我刚说了这一句，一抬头，看见母亲从家里走出，我赶快把小衫穿上。但她已听见这句轻薄的话了。晚上人静后，她罚我跪下，重重地责罚了一顿。她说："你没了老子，是多么得意的事！好用来说嘴！"她气得坐着发抖，也不许我上床去睡。我跪着哭，用手擦眼泪，不知擦进了什么微菌，后来足足害了一年多的眼翳病。医来医去，总医不好。我母亲心里又悔又急，听说眼翳可以用舌头舔去，有一夜她把我叫醒，她真用舌头舔我的病眼。这是我的严师，我的慈母。

我母亲二十三岁做了寡妇，又是当家的后母。这种生活的痛苦，我的笨笔写不出一万分之一二。家中财政本不宽裕，全靠二哥在上海经营调度。大哥从小就是败子，吸鸦片烟，赌博，钱到手就光，光了便回家打主意，见了香炉便拿出去卖，捞着锡茶壶便拿出去押。我母亲几次邀了本家长辈来，给他定下每月用费的数目。但他总不够用，到处都欠下烟债赌债。每年除夕我家中总有一大群讨债的，每人一盏灯笼，坐在大厅上不肯去。大哥早已避出去了。大厅的两排椅子上满满的都是灯笼和债主。我母亲走进走出，料理年夜饭，谢灶神，压岁钱等事，只当作不曾看见这一群人。到了近半夜，快要“封门”了，我母亲才走后门出去，央一位邻舍本家到我家来，每一家债户开发一点钱。做好做歹的，这一群讨债的才一个一个提着灯笼走出去。一会儿，大哥敲门回来了。我母亲从不骂他一句。并且因为是新年，她脸上从不露出一点怒色。这样的过年，我过了六七次。

大嫂是个最无能而又最不懂事的人，二嫂是个很能干而气量很窄小的人。她们常常闹意见，只因为我母亲的和气榜样，她们还不曾有公然相骂相打的事。她们闹气时，只是不说话，不答话，把脸放下来，叫人难看；二嫂生气时，脸色变青，更是怕人。她们对我母亲闹气时，也是如此。我起初全不懂得这一套，后来也渐渐懂得看人的脸色了。我渐渐明白，世间最可厌恶的事莫如一张生气的脸；世间最下流的事莫如把生气的脸摆给旁人看。这比打骂还难受。

我母亲的气量大，性子好，又因为做了后母后婆，她更事事留心，事事格外容忍。大哥的女儿比我只小一岁，她的饮食衣服总是和我的一样。我和她有小争执，总是我吃亏，母亲总是责备我，要我事事让她。后来大嫂二嫂都生了儿子了，她们生气时便打骂孩子来出气，一面打，一面用尖刻有刺的话骂给别人听。我母亲只装作不听见。有时候，她实在忍不住了，便悄悄走出门去，或到左邻童大嫂家去坐一会，或走后门到后邻度嫂家去闲谈。她从不和两个嫂子吵一句嘴。

每个嫂子一生气，往往十天半个月不歇，天天走进走出，板着脸，咬着嘴，打骂小孩子出气。我母亲只忍耐着，忍到实在不可再忍的一天，她也有她的法子。这一天的天明时，她便不起床，轻轻地哭一场。她不骂一个人，只哭她的丈夫，哭她自己苦命，留不住她丈夫来照管她。她先哭时，声音很低，渐渐哭出声来。我醒了起来劝她，她不肯住。这时候，我总听得见前堂（二嫂住前堂东房）或后堂（大嫂住后堂西房）有一扇房门开了，一个嫂子先出房向厨房走去。不多一会，那位嫂子来敲我们的房门了。我开了房门，她走进来，捧着一碗热茶，送到我母亲床前，劝她止哭，请她喝口热茶。我母亲慢慢停住哭声，伸手接了茶碗。那位嫂子站着劝一会，才退出去。没有一句话提到什么人，也没有一个字提到这十天半个月来的气脸，然而各人心里明白，泡茶进来的嫂子总是那十天半个月来闹气的人。奇怪得很，这一哭之后，至少有一两个月的太平清静日子。

我母亲待人最仁慈，最温和，从来没有一句伤人感情的话。但她有时候也很有刚气，不受一点人格上的侮辱。我家五叔是个无正业的浪人，有一天在烟馆里发牢骚，说我母亲家中有事总请某人帮忙，大概总有什么好处给他。这句话传到了我母亲耳朵里，她气得大哭，请了几位本家来，把五叔喊来，她当面质问他，她给了某人什么好处。直到五叔当众认错赔罪，她才罢休。

我在我母亲的教训之下住了九年，受了她的极大极深的影响。我十四岁（其实只有十二岁零两三个月）便离开她了，在这广漠的人海里独混了二十多年，没有一个人管束过我。如果我学得了一丝一毫的好脾气，如果我学得了一点点待人接物的和气，如果我能宽恕人，体谅人——我都得感谢我的慈母。

背　影

朱自清

我与父亲不相见已二年余了，我最不能忘记的是他的背影。那年冬天，祖母死了，父亲的差使也交卸了，正是祸不单行的日子，我从北京到徐州，打算跟着父亲奔丧回家。到徐州见着父亲，看见满院狼藉的东西，又想起祖母，不禁簌簌地流下眼泪。父亲说："事已如此，不必难过，好在天无绝人之路！"

回家变卖典质，父亲还了亏空；又借钱办了丧事。这些日子，家中光景很是惨淡，一半为了丧事，一半为了父亲赋闲。丧事完毕，父亲要到南京谋事，我也要回北京念书，我们便同行。

到南京时，有朋友约去游逛，勾留了一日；第二日上午便须渡江到浦口，下午上车北去。父亲因为事忙，本已说定不送我，叫旅馆里一个熟识的茶房陪我同去。他再三嘱咐茶房，甚是仔细。但他终于不放心，怕茶房不妥帖；颇踌躇了一会儿。其实我那年已二十岁，北京已来往过两三次，是没有什么要紧的了。他踌躇了一会，终于决定还是自己送我去。我再三劝他不必去；他只说："不要紧，他们去不好！"

我们过了江，进了车站。我买票，他忙着照看行李。行李太多了，得向脚夫行些小费才可过去。他便又忙着和他们讲价钱。我那时真是聪明过分，总觉他说话不大漂亮，非自己插嘴不可。但他终于讲定了价钱；就送我上车。他给我拣定了靠车门的一张椅子；我将他给我做的紫毛大衣铺好座位。他嘱我路上小心，夜里警醒些，不要受凉。又嘱托茶房好好照应我。我心里暗笑他的迂；他们只认得钱，托他们真是白托！而且我这样大年纪的人，难道还不能料理自己么？唉，我现在想想，那时真是太聪明了！

我说道："爸爸，你走吧。"他望车外看了看说："我买几个橘子去。你就在此地，不要走动。"我看那边月台的栅栏外有几个卖东西的等着顾客。走到那边月台，须穿过铁道，须跳下去又爬上去。父亲是一个胖子，走过去自然要费事些。我本来要去的，他不肯，只好让他去。我看见他戴着黑布小帽，穿着黑布大马褂，深青布棉袍，蹒跚地走到铁道边，慢慢探身下去，尚不大难。可是他穿过铁道，要爬上那边月台，就不容易了。他用两手攀着上面，两脚再向上缩；他肥胖的身子向左微倾，显出努力的样子。这时我看见他的背影，我的泪很快地流下来了。我赶紧拭干了泪，怕他看见，也怕别人看见。我再向外看时，他已抱了朱红的橘子往回走了。过铁道时，他先将橘子散放在地上，自己慢慢爬下，再抱起橘子走。到这边时，我赶紧去搀他。他和我走到车上，将橘子一股脑儿放在我的皮大衣上。于是扑扑衣上的泥土，心里很轻松似的，过一会说："我走了；到那边来信！"我望着他走出去。他走了几步，回过头看见我，说："进去吧，里边没人。"等他的背影混入来来往往的人里，再找不着了，我便进来坐下，我的眼泪又来了。

近几年来，父亲和我都是东奔西走，家中光景是一日不如一日。他少年出外谋生，独力支持，做了许多大事。哪知老境却如此颓唐！他触目伤怀，自然情不能自已。情郁于中，自然要发之于外；家庭琐屑便往往触他之怒。他待我渐渐不同往日。但最近两年的不见，他终于忘却我的不好，只是惦记着我，惦记着我的儿子。我北来后，他写了一信给我，信中说道："我身体平安，唯膀子疼痛厉害，举箸提笔，诸多不便，大约大去之期不远矣。"我读到此处，在晶莹的泪光中，又看见那肥胖的、青布棉袍黑布马褂的背影。唉！我不知何时再能与他相见！

永久的憧憬和追求

萧　红

一九一一年，在一个小县城里边，我生在一个小地主的家里。那县城差不多就是中国的最东最北部——黑龙江省——所以一年之中，倒有四个月飘着白雪。

父亲常常为着贪婪而失掉了人性。他对待仆人，对待自己的儿女，以及对待我的祖父都是同样的吝啬而疏远，甚至于无情。

有一次，为着房屋租金的事情，父亲把房客的全套的马车赶了过来。房客的家属们哭着诉说着，向我的祖父跪了下来，于是祖父把两匹棕色的马从车上解下来还了回去。

为着这匹马，父亲向祖父起着终夜的争吵。

“两匹马，咱们是算不了什么的，穷人，这匹马就是命根。”祖父这样说着，而父亲还是争吵。九岁时，母亲死去。父亲也就更变了样，偶然打碎了一只杯子，他就要骂到使人发抖的程度。后来就连父亲的眼睛也转了弯，每从他的身边经过，我就像自己的身上生了针刺一样；他斜视着你，他那高傲的眼光从鼻梁经过嘴角而后往下流着。

所以每每在大雪中的黄昏里，围着暖炉，围着祖父，听着祖父读着诗篇，看着祖父读着诗篇时微红的嘴唇。

父亲打了我的时候，我就在祖父的房里，一直面向着窗子，从黄昏到深夜——窗外的白雪，好像白棉花一样飘着；而暖炉上水壶的盖子，则像伴奏的乐器似的振动着。

祖父时时把多纹的两手放在我的肩上，而后又放在我的头上，我的耳边便响着这样的声音："快快长吧！长大就好了。"

二十岁那年，我就逃出了父亲的家庭。直到现在还是过着流浪的生活。

"长大"是"长大"了，而没有"好"。

可是从祖父那里，知道了人生除掉了冰冷和憎恶而外，还有温暖和爱。

所以我就向这"温暖"和"爱"的方面，怀着永久的憧憬和追求。

落花生

许地山

我们屋后有半亩隙地。母亲说：“让它荒芜着怪可惜，既然你们那么爱吃花生，就辟来做花生园罢。”我们几姊弟和几个小丫头都很喜欢——买种的买种，动土的动土，灌园的灌园；过不了几个月，居然收获了！

妈妈说：“今晚我们可以做一个收获节，也请你们爹爹来尝尝我们的新花生，如何？”我们都答应了。母亲把花生做成好几样的食品，还吩咐这节期要在园里的茅亭举行。

那晚上的天色不大好，可是爹爹也到来，实在很难得！爹爹说：“你们爱吃花生么？”

我们都争着答应：“爱！”

“谁能把花生的好处说出来？”

姊姊说：“花生的气味很美。”

哥哥说：“花生可以制油。”

我说："无论何等人都可以用贱价买它来吃；都喜欢吃它。这就是它的好处。"

爹爹说："花生的用处固然很多；但有一样是很可贵的。这小小的豆不像那好看的苹果、桃子、石榴，把它们的果实悬在枝上，鲜红嫩绿的颜色，令人一望而发生羡慕的心。它只把果子埋在地底，等到成熟，才容人把它挖出来。你们偶然看见一棵花生瑟缩地长在地上，不能立刻辨出它有没有果实，非得等到你接触它才能知道。"

我们都说："是的。"母亲也点点头。爹爹接下去说："所以你们要像花生，因为它是有用的，不是伟大、好看的东西。"我说："那么，人要做有用的人，不要做伟大、体面的人了。"爹爹说："这是我对于你们的希望。"

我们谈到夜阑才散，所有花生食品虽然没有了，然而父亲的话现在还印在我心版上。

阿长与《山海经》

鲁　迅

长妈妈，已经说过，是一个一向带领着我的女工，说得阔气一点，就是我的保姆。我的母亲和许多别的人都这样称呼她，似乎略带些客气的意思。只有祖母叫她阿长。我平时叫她“阿妈”，连“长”字也不带；但到憎恶她的时候，——例如知道了谋死我那隐鼠的却是她的时候，就叫她阿长。

我们那里没有姓长的；她生得黄胖而矮，“长”也不是形容词。又不是她的名字，记得她自己说过，她的名字是叫作什么姑娘的。什么姑娘，我现在已经忘却了，总之不是长姑娘；也终于不知道她姓什么。记得她也曾告诉过我这个名称的来历：先前的先前，我家有一个女工，身材生得很高大，这就是真阿长。后来她回去了，我那什么姑娘才来补她的缺，然而大家因为叫惯了，没有再改口，于是她从此也就成为长妈妈了。

虽然背地里说人长短不是好事情，但倘使要我说句真心话，我可只得说：我实在不大佩服她。最讨厌的是常喜欢切切察察，向人们低声絮说些什么事，还竖起第二个手指，在空中上下摇动，或者点着对手或自己的鼻尖。我的家里一有些小风波，不知怎的我总疑心和这“切切察察”有些关系。又不许我走动，拔一株草，翻一块石头，就说我顽皮，要告诉我的母亲去了。一到夏天，睡觉时她又伸开两脚两手，在床中间摆成一个“大”字，挤得我没有余地翻身，久睡在一角的席子上，又已经烤得那么热。推她呢，不动；叫她呢，也不闻。

“长妈妈生得那么胖，一定很怕热罢？晚上的睡相，怕不见得很好罢？……”

母亲听到我多回诉苦之后，曾经这样地问过她。我也知道这意思是要她多给我一些空席。她不开口。但到夜里，我热得醒来的时候，却仍然看见满床摆着一个“大”字，一条臂膊还搁在我的颈子上。我想，这实在是无法可想了。

但是她懂得许多规矩；这些规矩，也大概是我所不耐烦的。一年中最高兴的时节，自然要数除夕了。辞岁之后，从长辈得到压岁钱，红纸包着，放在枕边，只要过一宵，便可以随意使用。睡在枕上，看着红包，想到明天买来的小鼓，刀枪，泥人，糖菩萨……然而她进来，又将一个福橘放在床头了。

“哥儿，你牢牢记住！”她极其郑重地说。“明天是正月初一，清早一睁开眼睛，第一句话就得对我说：‘阿妈，恭喜恭喜！’记得么？你要记着，这是一年的运气的事情。不许说别的话！说过之后，还得吃一点福橘。”她又拿起那橘子来在我的眼前摇了两摇，“那么，一年到头，顺顺溜溜……”

梦里也记得元旦的，第二天醒得特别早，一醒，就要坐起来。她却立刻伸出臂膊，一把将我按住。我惊异地看她时，只见她惶急地看着我。

她又有所要求似的，摇着我的肩。我忽而记得了——

“阿妈，恭喜……”

“恭喜恭喜！大家恭喜！真聪明！恭喜恭喜！”她于是十分欢喜似的，笑将起来，同时将一点冰冷的东西，塞在我的嘴里。我大吃一惊之后，也就忽而记得，这就是所谓福橘，元旦劈头的磨难，总算已经受完，可以下床玩耍去了。

她教给我的道理还很多，例如说人死了，不该说死掉，必须说“老掉了”；死了人，生了孩子的屋子里，不应该走进去；饭粒落在地上，必须拣起来，最好是吃下去；晒裤子用的竹竿底下，是万不可钻过去的……此外，现在大抵忘却了，只有元旦的古怪仪式记得最清楚。总之：都是些烦琐之至，至今想起来还觉得非常麻烦的事情。

然而我有一时也对她发生过空前的敬意。她常常对我讲“长毛”。她之所谓“长毛”者，不但洪秀全军，似乎连后来一切土匪强盗都在内，但除却革命党，因为那时还没有。她说得长毛非常可怕，他们的话就听不懂。她说先前长毛进城的时候，我家全都逃到海边去了，只留一个门房和年老的煮饭老妈子看家。后来长毛果然进门来了，那老妈子便叫他们“大王”，——据说对长毛就应该这样叫，——诉说自己的饥饿。长毛笑道：“那么，这东西就给你吃了罢！”将一个圆圆的东西掷了过来，还带着一条小辫子，正是那门房的头。煮饭老妈子从此就骇破了胆，后来一提起，还是立刻面如土色，自己轻轻地拍着胸脯道：“阿呀，骇死我了，骇死我了……”

我那时似乎倒并不怕，因为我觉得这些事和我毫不相干的，我不是一个门房。但她大概也即觉到了，说道：“像你似的小孩子，长毛也要掳的，掳去做小长毛。还有好看的姑娘，也要掳。”

“那么，你是不要紧的。”我以为她一定最安全了，既不做门房，又不是小孩子，也生得不好看，况且颈子上还有许多灸疮疤。

“哪里的话？！”她严肃地说。“我们就没有用么？我们也要被掳去。城外有兵来攻的时候，长毛就叫我们脱下裤子，一排一排地站在城墙上，外面的大炮就放不出来；再要放，就炸了！”

这实在是出于我意想之外的，不能不惊异。我一向只以为她满肚子是麻烦的礼节罢了，却不料她还有这样伟大的神力。从此对于她就有了特别的敬意，似乎实在深不可测；夜间的伸开手脚，占领全床，那当然是情有可原的了，倒应该我退让。

这种敬意，虽然也逐渐淡薄起来，但完全消失，大概是在知道她谋害了我的隐鼠之后。那时就极严重地诘问，而且当面叫她阿长。我想我又不真做小长毛，不去攻城，也不放炮，更不怕炮炸，我惧惮她什么呢！

但当我哀悼隐鼠，给它复仇的时候，一面又在渴慕着绘图的《山海经》了。这渴慕是从一个远房的叔祖惹起来的。他是一个胖胖的、和蔼的老人，爱种一点花木，如珠兰、茉莉之类，还有极其少见的，据说从北边带回去的马缨花。他的太太却正相反，什么也莫名其妙，曾将晒衣服的竹竿搁在珠兰的枝条上，枝折了，还要愤愤地咒骂道："死尸！"这老人是个寂寞者，因为无人可谈，就很爱和孩子们往来，有时简直称我们为"小友"。在我们聚族而居的宅子里，只有他书多，而且特别。制艺和试帖诗，自然也是有的；但我却只在他的书斋里，看见过陆玑的《毛诗草木鸟兽虫鱼疏》，还有许多名目很生的书籍。我那时最爱看的是《花镜》，上面有许多图。他说给我听，曾经有过一部绘图的《山海经》，画着人面的兽，九头的蛇，三脚的鸟，生着翅膀的人，没有头而以两乳当作眼睛的怪物……可惜现在不知道放在哪里了。

我很愿意看看这样的图画，但不好意思力逼他去寻找，他是很疏懒的。问别人呢，谁也不肯真实地回答我。压岁钱还有几百文，买罢，又没有好机会。有书买的大街离我家远得很，我一年中只能在正月间去玩一趟，那时候，两家书店都紧紧地关着门。

玩的时候倒是没有什么的，但一坐下，我就记得绘图的《山海经》。

大概是太过于念念不忘了，连阿长也来问《山海经》是怎么一回事。这是我向来没有和她说过的，我知道她并非学者，说了也无益；但既然来问，也就都对她说了。

过了十多天，或者一个月罢，我还很记得，是她告假回家以后的四五天，她穿着新的蓝布衫回来了，一见面，就将一包书递给我，高兴地说道：

“哥儿，有画儿的‘三哼经’，我给你买来了！”

我似乎遇着了一个霹雳，全体都震悚起来；赶紧去接过来，打开纸包，是四本小小的书，略略一翻，人面的兽，九头的蛇……果然都在内。

这又使我发生新的敬意了，别人不肯做，或不能做的事，她却能够做成功。她确有伟大的神力。谋害隐鼠的怨恨，从此完全消灭了。

这四本书，乃是我最初得到，最为心爱的宝书。

书的模样，到现在还在眼前。可是从还在眼前的模样来说，却是一部刻印都十分粗拙的本子。纸张很黄，图像也很坏，甚至于几乎全用直线凑合，连动物的眼睛也都是长方形的。但那是我最为心爱的宝书，看起来，确是人面的兽；九头的蛇；一脚的牛；袋子似的帝江；没有头而“以乳为目，以脐为口”，还要“执干戚而舞”的刑天。

此后我就更其搜集绘图的书，于是有了石印的《尔雅音图》和《毛诗品物图考》，又有了《点石斋丛画》和《诗画舫》。《山海经》也另买了一部石印的，每卷都有图赞，绿色的画，字是红的，比那木刻的精致得多了。这一部直到前年还在，是缩印的郝懿行疏。木刻的却已经记不清是什么时候失掉了。

我的保姆，长妈妈即阿长，辞了这人世，大概也有了三十年了罢。我终于不知道她的姓名，她的经历；仅知道有一个过继的儿子，她大约是青年守寡的孤孀。

仁厚黑暗的地母呵，愿在你怀里永安她的魂灵！

藤野先生

鲁　迅

东京也无非是这样。上野的樱花烂漫的时节，望去确也像绯红的轻云，但花下也缺不了成群结队的“清国留学生”的速成班，头顶上盘着大辫子，顶得学生制帽的顶上高高耸起，形成一座富士山。也有解散辫子，盘得平的，除下帽来，油光可鉴，宛如小姑娘的发髻一般，还要将脖子扭几扭。实在标致极了。

中国留学生会馆的门房里有几本书买，有时还值得去一转；倘在上午，里面的几间洋房里倒也还可以坐坐的。但到傍晚，有一间的地板便常不免要咚咚咚地响得震天，兼以满房烟尘斗乱；问问精通时事的人，答道：“那是在学跳舞。”

到别的地方去看看，如何呢？

我就往仙台的医学专门学校去。从东京出发，不久便到一处驿站，写道：日暮里。不知怎的，我到现在还记得这名目。其次却只记得水户了，这是明的遗民朱舜水先生客死的地方。仙台是一个市镇，并不大；冬天冷得厉害；还没有中国的学生。

大概是物以稀为贵吧。北京的白菜运往浙江，便用红头绳系住菜根，倒挂在水果店头，尊为“胶菜”；福建野生着的芦荟，一到北京就请进温室，且美其名曰“龙舌兰”。我到仙台也颇受了这样的优待，不但学校不收学费，几个职员还为我的食宿操心。我先是住在监狱旁边一个客店里的，初冬已经颇冷，蚊子却还多，后来用被盖了全身，用衣服包了头脸，只留两个鼻孔出气。在这呼吸不息的地方，蚊子竟无从插嘴，居然睡安稳了。饭食也不坏。但一位先生却以为这客店也包办囚人的饭食，我住在那里不相宜，几次三番、几次三番地说。我虽然觉得客店兼办囚人的饭食和我不相干，然而好意难却，也只得别寻相宜的住处了。于是搬到别一家，离监狱也很远，可惜每天总要喝难以下咽的芋梗汤。

从此就看见许多陌生的先生，听到许多新鲜的讲义。解剖学是两个教授分任的。最初是骨学。其时进来的是一个黑瘦的先生，八字须，戴着眼镜，挟着一叠大大小小的书。一将书放在讲台上，便用了缓慢而很有顿挫的声调，向学生介绍自己道：

“我就是叫作藤野严九郎的……”

后面有几个人笑起来了。他接着便讲述解剖学在日本发达的历史，那些大大小小的书，便是从最初到现今关于这一门学问的著作。起初有几本是线装的；还有翻刻中国译本的，他们的翻译和研究新的医学，并不比中国早。

那坐在后面发笑的是上学年不及格的留级学生，在校已经一年，掌故颇为熟悉的了。他们便给新生讲演每个教授的历史。这藤野先生，据说是穿衣服太模糊了，有时竟会忘记戴领结；冬天是一件旧外套，寒颤颤的，有一回上火车去，致使管车的疑心他是扒手，叫车里的客人大家小心些。

他们的话大概是真的，我就亲见他有一次上讲堂没有戴领结。

过了一星期，大约是星期六，他使助手来叫我了。到得研究室，见他坐在人骨和许多单独的头骨中间——他其时正在研究着头骨，后来有一篇论文在本校的杂志上发表出来。

“我的讲义，你能抄下来么？”他问。

“可以抄一点。”

“拿来我看！”

我交出所抄的讲义去，他收下了，第二三天便还我，并且说，此后每一星期要送给他看一回。我拿下来打开看时，很吃了一惊，同时也感到一种不安和感激。原来我的讲义已经从头到末，都用红笔添改过了，不但增加了许多脱漏的地方，连文法的错误，也都一一订正。这样一直继续到教完了他所担任的功课：骨学、血管学、神经学。

可惜我那时太不用功，有时也很任性。还记得有一回藤野先生将我叫到他的研究室里去，翻出我那讲义上的一个图来，是下臂的血管，指着，向我和蔼地说道：

“你看，你将这条血管移了一点位置了——自然，这样一移，的确比较的好看些，然而解剖图不是美术，实物是那么样的，我们没法改换它。现在我给你改好了，以后你要全照着黑板上那样的画。”

但是我还不服气，口头答应着，心里却想道：

“图还是我画的不错；至于实在的情形，我心里自然记得的。”

学年试验完毕之后，我便到东京玩了一夏天，秋初再回学校，成绩早已发表了，同学一百余人之中，我在中间，不过是没有落第。这回藤野先生所担任的功课，是解剖实习和局部解剖学。

解剖实习了大概一星期，他又叫我去了，很高兴地，仍用了极有抑扬的声调对我说道：

“我因为听说中国人是很敬重鬼的，所以很担心，怕你不肯解剖尸体。现在总算放心了，没有这回事。”

但他也偶有使我很为难的时候。他听说中国的女人是裹脚的，但不知道详细，所以要问我怎么裹法，足骨变成怎样的畸形，还叹息道：“总要看一看才知道。究竟是怎么一回事呢？”

有一天，本级的学生会干事到我寓里来了，要借我的讲义看。我检出来交给他们，却只翻检了一通，并没有带走。但他们一走，邮差就送到一封很厚的信，拆开看时，第一句是：

“你改悔罢！”

这是《新约》上的句子吧，但经托尔斯泰新近引用过的。其时正值日俄战争，托老先生便写了一封给俄国和日本的皇帝的信，开首便是这一句。日本报纸上很斥责他的不逊，爱国青年也愤然，然而暗地里却早受了他的影响了。其次的话，大略是说上年解剖学试验的题目，是藤野先生讲义上做了记号，我预先知道的，所以能有这样的成绩。末尾是匿名。

我这才回忆到前几天的一件事。因为要开同级会，干事便在黑板上写广告，末一句是“请全数到会勿漏为要”，而且在“漏”字旁边加了一个圈。我当时虽然觉到圈得可笑，但是毫不介意，这回才悟出那字也在讥刺我了，犹言我得了教员漏泄出来的题目。

我便将这事告知了藤野先生；有几个和我熟识的同学也很不平，一同去诘责干事托词检查的无礼，并且要求他们将检查的结果，发表出来。终于这流言消灭了，干事却又竭力运动，要收回那一封匿名信去。结末是我便将这托尔斯泰式的信退还了他们。

中国是弱国，所以中国人当然是低能儿，分数在六十分以上，便不是自己的能力了：也无怪他们疑惑。但我接着便有参观枪毙中国人的命运了。第二年添教霉菌学，细菌的形状是全用电影来显示的，一段落已完而还没有到下课的时候，便影几片时事的片子，自然都是日本战胜俄国的情形。但偏有中国人夹在里边：给俄国人做侦探，被日本军捕获，要枪毙了，围着看的也是一群中国人；在讲堂里的还有一个我。

“万岁！”他们都拍掌欢呼起来。

这种欢呼，是每看一片都有的，但在我，这一声却特别听得刺耳。此后回到中国来，我看见那些闲看枪毙犯人的人们，他们也何尝不酒醉似的喝彩——呜呼，无法可想！但在那时那地，我的意见却变化了。

到第二学年的终结，我便去寻藤野先生，告诉他我将不学医学，并且离开这仙台。他的脸色仿佛有些悲哀，似乎想说话，但竟没有说。

“我想去学生物学，先生教给我的学问，也还有用的。”其实我并没有决意要学生物学，因为看得他有些凄然，便说了一个慰安他的谎话。

“为医学而教的解剖学之类，怕于生物学也没有什么大帮助。”他叹息说。

将走的前几天，他叫我到他家里去，交给我一张照相，后面写着两个字道：“惜别”，还说希望将我的也送他。但我这时适值没有照相了；他便叮嘱我将来照了寄给他，并且时时通信告诉他此后的状况。

我离开仙台之后，就多年没有照过相，又因为状况也无聊，说起来无非使他失望，便连信也怕敢写了。经过的年月一多，话更无从说起，所以虽然有时想写信，却又难以下笔，这样的一直到现在，竟没有寄过一封信和一张照片。从他那一面看起来，是一去之后，杳无消息了。

但不知怎的，我总还时时记起他，在我所认为我师的之中，他是最使我感激、给我鼓励的一个。有时我常常想：他的对于我的热心的希望，不倦的教诲，小而言之，是为中国，就是希望中国有新的医学；大而言之，是为学术，就是希望新的医学传到中国去。他的性格，在我的眼里和心里是伟大的，虽然他的姓名并不为许多人所知道。

他所改正的讲义，我曾经订成三厚本，收藏着的，将作为永久的纪念。不幸七年前迁居的时候，中途毁坏了一口书箱，失去半箱书，恰巧这讲义也遗失在内了。责成运送局去找寻，寂无回信。只有他的照相至今还挂在我北京寓居的东墙上，书桌对面。每当夜间疲倦，正想偷懒时，仰面在灯光中瞥见他黑瘦的面貌，似乎正要说出抑扬顿挫的话来，便使我忽又良心发现，而且增加勇气了，于是点上一支烟，再继续写些为“正人君子”之流所深恶痛疾的文字。

救火夫

梁遇春

三年前一个夏天的晚上，我正坐在院子里乘凉，忽然听到接连不断的警钟声音，跟着响三下警炮，我们都知道城里什么地方的屋子又着火了。我的父亲跑到街上去打听，我也奔出去瞧热闹。远远来了一阵嘈杂的呼喊，不久就有四五个赤膊工人个个手里提一只灯笼，拼命喊道，“救”，“救”……从我们面前飞也似的过去，后面有六七个工人拖一辆很大的铁水龙同样快地跑着，当然也是赤膊的。他们只在腰间系一条短裤，此外棕黑色的皮肤下面处处有蓝色的浮筋跳动着，他们小腿的肉的颤动和灯笼里闪烁欲灭的烛光有一种极相协的和谐，他们的足掌打起无数的尘土，可是他们越跑越带劲，好像他们每回举步时，从脚下的“地”都得到一些新力量。水龙隆隆的声音杂着他们尽情的呐喊，他们在满面汗珠之下现出同情和快乐的脸色。那一架庞大的铁水龙我从前在救火会曾经看见过，总以为最少也要十七八个人用两根杠子才抬得走，万想不到六七个人居然能够牵着它飞奔。他们只顾到口里喊“救”，那么不在乎地拖着这笨重的家伙往前直奔，他们的脚步和水龙的轮子那么一致飞动，真好像铁面无情的水龙也被他们的狂热所传染，自己用力跟着跑了。一霎眼他们都过去了，一会儿只剩些隐约的喊声。我的心却充满了惊异，愁闷的心境顿然化为晴朗，真可说拨云雾而见天日了。那时的情景就不灭地印在我的心中。

从那时起，我这三年来老抱一种自己知道绝不会实现的宏愿，我想当一个救火夫。他们真是世上最快乐的人们，当他们心中只惦着赶快去救人这个念头，其他万虑皆空，一面善用他们活泼泼的躯干，跑过十里长街，像救自己的妻子一样去救素来不识面的人们，他们的生命是多么有目的，多么矫健生姿。我相信生命是一块顽铁，除非在同情的熔炉里烧得通红的，用人间世的灾难做锤子来使他迸出火花来，他总是那么冷冰冰，死沉沉地，惘怅地徘徊于人生路上的我们天天都是在极剧烈的麻木里过去——一种甚至于不能得自己同情的苦痛。可是我们的迟疑不前成了天性，几乎将我们活动的能力一笔勾销，我们的惯性把我们弄成残废的人们了。不敢上人生的舞场和同伴们狂欢地跳舞，却躲在帘子后面呜咽，这正是我们这般弱者的态度。在席卷一切的大火中奔走，在快陷下的屋梁上攀缘，不顾死生，争为先登的救火夫们安得不打动我们的心弦。他们具有坚定不拔的目的，他们一心一意想营救难中的人们，凡是难中人们的命运他们都视如自己地亲切地感到，他们尝到无数人心中的哀乐，那般人们的生命同他们的生命息息相关，他们忘记了自己，将一切火热里的人们都算作他们自己，凡是带有人的脸孔全可以算作他们自己，这样子他们生活的内容丰富到极点，又非常澄净清明，他们才是真真活着的人们。

他们无条件地同一切人们联合起来，为着人类，向残酷的自然反抗。这虽然是个个人应当做的事，并没有什么了不得，然而一看到普通人们那样子任自然力蹂躏同类，甚至于认贼作父，利用自然力来残杀人类，我们就不能不觉得那是一种义举了。他们以微小之躯，为着爱的力量的缘故，胆敢和自然中最可畏的东西肉搏，站在最前面的战线，这时候我们看见宇宙里最悲壮雄伟的戏剧在我们面前开演了：人和自然的斗争，也就是希腊史诗所歌咏的人神之争（因为在希腊神话里，神都是自然的化身）。我每次走过上海静安寺路救火会门口，看见门上刻有We Fight Fire三字，我总觉得凛然起敬。我爱狂风暴浪中把着舵神色不变的舟子，我对于始终住在霍乱流行极盛的城里，履行他的职务的约翰・勃朗医生（Dr. John Brown）怀一种虔敬的心情（虽然他那和蔼可亲的散文使我觉得他是个脾气最好的人），然而专以杀微弱的人类为务的英雄却勾不起我丝毫的欣羡，有时简直还有些鄙视。发现细菌的巴斯德（Pasteur），发明矿中安全灯的某一位科学家（他的名字我不幸忘记了），以及许多为人类服务的人们，像林肯，威尔逊之流，他们现在天天受我们的讴歌，实际上他们和救火夫具有同样的精神，也可说救火夫和他们是同样地伟大，最少在动机方面是一样的，然而我却很少听到人们赞美救火夫，可是救火夫并不是一眼瞧着受难的人类，一眼顾到自己身前身后的那般伟人，所以他们虽然没有人们献上甜蜜蜜的媚辞，却很泰然地干他们冒火打救的伟业，这也正是他们的胜过大人物们的地方。

有一位愤世的朋友每次听到我赞美救火夫时，总是怒气汹汹地说道，这个糊涂的世界早就该烧个干干净净，山穷水尽，现在偶然天公作美，放下一些火来，再用些风来助火势，想在这片龌龊的地上锄出一小块洁白的土来。偏有那不知趣的，好事的救火夫焦头烂额地来浇下冷水，这真未免于太杀风景了，而且人们的悲哀已经是达到饱和度了，烧了屋子和救了屋子对于人们实在并没有多大关系，这是指那般有知觉的人而说。至于那般天赋与铜心铁肝，毫不知苦痛是何滋味的人们，他们既然麻木了，多烧几间房子又何妨呢！总之，天下本无事，庸人自扰之，足下的歌功颂德更是庸人之尤所干的事情了。这真是“人生一世浪自苦，盛衰桃杏开落闲”。我这位朋友是最富于同情心的人，但是顶喜欢说冷酷的话，这里面恐怕要用些心理分析的功夫罢！然而，不管我们对于个个的人有多少的厌恶，人类全体合起来总是我们爱恋的对象，这是当代一位没有忘却现实的哲学家George Santayana讲的话。这话是极有道理的，人们受了遗传和环境的影响，染上了许多坏习气，所以个个人都具些讨厌的性质，但是当我们抽象地想到人类时，我们忘记了各人特有的弱点，只注目在人们真美善的地方，想用最完美的法子使人性向着健全壮丽的方面发展，于是彩虹般的好梦现在当前，我们怎能不爱人类哩！英国十九世纪末叶诗人Frederich Locekr-Lampson在他的《自传》(*My Confidences*)说道:“一个思想灵活的人最善于发现他身边的人们的潜伏的良好气质,他是更容易感到满足的,想象力不发达的人们是最快就觉得旁人的可厌,的确是最喜欢埋怨他们朋友的知识上同别方面的短处。”总之,当救火夫在烟雾里冲锋突围的时候,他们只晓得天下有应当受他们的援救的人类,绝没有想到着火的屋里住有个杀千刀,杀万刀的该死狗才。天下最大的快乐无过于无顾忌地尽量使用已身隐藏的力量,这个意思亚里士多德在二千年前已经娓娓长谈过了。救火夫一时激于舍身救人的意气,举重若轻地拖着水龙疾驰,履险若夷地攀登危楼,他们忘记了困难危险,因此危险困难就失丢了它们一大半的力量,也不能同他们捣乱了。他们慈爱的精神同活泼的肉体真得到尽量的发展,他们奔走于惨淡的大街时,他们脚下踏的是天堂的乐土,难怪他们能够越跑越有力,能够使旁观的我得到一副清心剂。就说他们所救的人们是不值得救的,他们这派的气概总是可敬佩的。天下有无数女人捧着极纯净的爱情,送给极卑鄙的男子,可是那雪白的热情不会沾了尘污,永远是我们所欣羡不置的。

救火夫不单是从他们这神圣的工作得到无限的快乐,他们从同拖水龙、同提灯笼的伴侣又获到强度的喜悦。他们那时把肯牺牲自己,去营救别人的人们都认为比兄弟还要亲密的同志。不管村俏老少,无论贤愚智不肖,凡是努力于扑灭烈火的人们,他们都看作生平的知己,因为是他们最得意事的伙计们。他们有时在火场上初次相见,就可以相视而笑,莫逆于心,“乐莫乐兮新相知”,他们的生活是多有趣呀！个个人雪亮的心儿在这一场野火里互相认识，这是多么值得干的事情。懦怯无能的我在高楼上玩物丧志地读着无谓的书的时候，偶然听到警钟，望见远处一片漫天的火光，我是多么神往于随着火舌狂跳的壮士，回看自己枯瘦的影子，我是多么心痛，痛惜我虚度了青春同壮年。

我们都是上帝所派定的救火夫，因为凡是生到人世来都具有救人的责任，我们现在时时刻刻听着不断的警钟，有时还看见人们呐喊着往前奔，然而我们有的正忙于挣钱积钱，想做面团团，心硬硬，人蠢蠢的富家翁，有的正阴谋权位，有的正搂着女人欢娱，有的正缘着河岸，自命清高地在那儿伤春悲秋，都是失职的救火夫。有些神经灵敏的人听到警钟，也都还觉得难过，可是又顾惜着自己的皮肤，只好拿些棉花塞在耳里，闭起门来，过象牙塔里的生活。若使我们城里的救火夫这样懒惰，拿公事来做儿戏，那么我们会多么愤激地辱骂他们，可是我们这个大规模的失职却几乎变成当然的事情了。天下事总是如是莫测其高深的，宇宙总是这么颠倒地安排着，难怪波斯诗人喊起“打倒这糊涂世界”的口号。

老哥哥

藏克家

秋是怀人的季候。深宵里，床头上叫着蟋蟀，凉风吹一缕明光穿过纸窗来。在我这没法合聚双眼的当儿，一个意态龙钟的老人的影像便朦胧在我眼前了。

可以说，我的心无论什么时候都给老哥哥牵着的。在青岛住过五年，可是除了友情没有什么使我在回忆里怅惘，有那便是老哥哥了。青岛离家很近，起早也不过天把的路程呢。记得在中山路左角一家破旧的低级交易所中常常可以得到老哥哥的消息。前来的乡人多半是贩卖鸡子回头带一点洋货，老哥哥的孙子也每年无定时地来跑几趟，他来我总能知道，临走，我提一个小包亲自跑到嘈杂的交易所里从人丛中从忙乱中唤他出来交到他的手里。

“这是带给老哥哥的一点礼物。”

“这还使得呢！”口在推让着小包却早已接过去了。我知道这点礼物不比鸿毛有分量，然而一想老哥哥用残破的牙齿咀嚼着饼干时的微笑，自己的心又是酸又是甜的。

老哥哥离开我家，算来已经足足十年了。在这个长的期间里，我是一只乱飞的鸟，也偶尔地投奔一下故乡的园林。照例，在未到家以前，心先来一阵怕，怕人家说我变了，更怕有些人我已不认识有些人已见不到了。到了家一定还没坐好，就开始问长问短。心急急想探一下老哥哥的存亡，可是话头却有些不敢往外吐，早晚用话头的偏锋敲出了老哥哥健在的消息，心这才放下了。

前年旧年是在家里过的。正月的日子是无底幽闲，便把老哥哥约到我家来了。见了面我还没来得及看清楚他，他却大声喊着说："你瘦了！小时候那样地又胖又白！"从他刚劲的声音里我听出了他的康健了。

"老哥哥，你拖在肩上的小辫也秃尖了。"他没有听见，便在我的扶持下爬到我的炕头上了。

我们开始了短短长长的对话，话头随意乱摆是没有一定方向的。他的耳朵重听，说话的声音很高，好似他觉得别人的听觉也和他一样似的。用手势，用高腔，不容易把一句话递进他的耳朵里去。他说，他常常挂念我，他的身子虽然在家里，可是心还在我家呢。

语丝还缠在嘴角上，可他已经虎虎地打起鼾声来了，我心里悲伤地说："老哥哥老了！"

呼吸像风箱，一霎又咳醒了，愣挣起来吐一口黄痰。他自己仿佛有点不好意思，要我扶他趋搭地到耳房里去，在那儿也许他觉得舒心一点，五十个年头身下的土炕会印上个血的影子吧？于今用了一把残骨他又重温别过十年的旧梦去了。

傍晚了。我留他住一宿。他一面摇头一面高声说："老了，夜里还得人服侍！日后再见吧！"我用眼泪留他，他像没有看见，起来紧了紧腰踉跄着向外面移步了。我扶着他，走下了西坡，老哥哥的村庄已在炊烟中显出影子来了。

我回步的时候晚霞正灼在西天。回头望望老哥哥，已经有些模糊了，在冷风里只一个黑影在闪。

"日后再见吧！"我一边走着一边味着老哥哥这句话。但是一个熟透了的果子谁料定它哪刹会落呢？

回到家来更念念着老哥哥了。老哥哥真是老哥哥，他来到我家时曾祖父还不过十几岁呢。祖父是在他背上长大，父亲是在他背上长大的，我呢，还是。他是曾祖父的老哥哥，他是祖父和父亲的老哥哥。

听老人们讲，他到我家来那不过才二十岁呢。身子铜帮铁底的，一个人可以单拱八百斤重的小车。可是在我记事的时候他已是六十多岁的暮气人了。那时他的活是赶集，喂牲口，农忙了担着饭往坡里送。晒场的时节有时拿一张木叉翻一翻。扬场，他也拾起张锨来扬他几下，别人一面扬一面称赞他说："好手艺，扬出个花来。果真老将出马一个赶俩。"

从我记事以来，祖父没曾叫过他一声老哥哥，都是直呼他老李。曾祖父也是一样。曾祖父的脾气很暴，好骂人"王八蛋"。他老人家一生起气来，老哥哥就变成"王八蛋"了。祖父虽然不大骂人，然而那张不大说话的脸子一望见就得叫人害怕。老哥哥赶集少买了一样东西，或是祖父说话他耳聋听不见，那一张冷脸，半天一句的冷话他便伸着头吃上了。我在一边替老哥哥心跳，替老哥哥不平，心里想："祖父不也是在老哥哥手下长大了的吗？"

老哥哥对我没有那么好的。我都是牵着他的小辫玩。他说故事给我听。他说他才到我家来，我家正是旺时。六曾祖父做大京官，门前那迎风要倒的两对旗杆是他亲手竖起来的。那时候人口也多，真热闹。语气间流露着"繁华歇"的感叹。我小时候最是迷赌，到了输得老鼠洞里也挖不出一个铜钱来的困窘时，我便想到老哥哥的那个小破钱袋来了。钱袋放在枕头底下，顺手就可以偷到的。早晚他用钱时去摸钱袋，才发现里面已经空空了。他知道这个地道的贼，他一点也不生气。我后来向他自首时是这样说的："老哥哥，这时我还小呢，等我长大做了官，一定给你银子养老。"

他听了当真的高兴。然而这话曾祖父小时曾说过，祖父小时也曾说过了！

在黄昏，在雨夜，在月明的树下，他的老话便开始了。我侧着耳朵听他说长毛造反，听他说天上掉下彗星来。然而给我印象最深的要数这一次了。那年我八岁，母亲躺在床上，脸上蒙一张白纸，我放声哭了，老哥哥对我说母亲有病他到吕标去取药吃上就好了。后来给母亲上坟也老是他担着菜盒我跟在后头，一路上他不住地说母亲是叫父亲气死的。"当年大相公，剪了发当革命党，还在外和别的女人好，你小时穿一件时样的衣裳，姑们问一声'又是外边那个娘做来的’，这话叫你娘听见，你想心里是什么味？而后，皇帝又一劲地杀革命党，你爹戴上假发到处亡命。这两桩事便把你娘致死了。”

老哥哥一天一天地没用了。日夜蜷缩在他那一角炕头上，像吐尽了丝的蚕一样，疲惫抓住了他的心。背屈得像张弓。小辫越显得细了。他的身子简直成了个季候表，一到秋风起来便咯咯地咳嗽起来。

“老李老了！老李老了！”

大家都一齐这么说。年老的人最不易叫人喜欢。于是老哥哥的坏话塞满祖父的耳朵了。大家都讨厌他。讨厌他耳聋，讨厌他咯咯闹得人睡不好觉，讨厌他冬天把炕烧得太热。他一身都是讨厌骨头，好似从来就没有过不讨厌的时候！祖父最会打算，日子太紧，废物是得铲除的，于是寻了一点小事便把五十年来跑里跑外的老哥哥赶走了。我当时的心比老哥哥的还不好过，真想给老哥哥讲讲情，可是望一下祖父的脸，心又冷了。

老哥哥临走泪零零的，口里半诅咒半咕噜着说“不行了，老了”。每年十二吊钱的工价算清了账，肩一个小包（五十年来劳力的代价）走出了我家大门。我牵着他的衣角，不放松地跟在后面。

老哥哥儿花女花是没有一点的。他要去找的是一个嗣子。说家是对自己的一个可怜的安慰罢了。但是，不是自己养的儿子，又没有许多东西带去，人家能好好养他老吗？我在替他担心着呢！

十年过去了。可喜老哥哥还在人间。暑假在家住了一天，没能够见到他。但从三机匠口里听到了老哥哥的消息，他说在西河树行子里碰到老哥哥在背着手看夕照，见了他还亲亲热热地问这问那。他还说老哥哥一心挂念着我庄里的人，还待要鼓鼓劲来耍一趟，因为不过二里地的远近，老哥哥自己说脚力还能来得及呢。

又是秋天了。秋风最能吹倒老年人！我已经能赚银子了，老哥哥可还能等得及接受吗？

喝　茶

周作人

前回徐志摩先生在平民中学讲“吃茶”——并不是胡适之先生所说的“吃讲茶”——我没有工夫去听，又可惜没有见到他精心结构的讲稿，但我推想他是在讲日本的“茶道”（英文译作Teaism），而且一定说得很好。茶道的意思，用平凡的话来说，可以称作“忙里偷闲，苦中作乐”，在不完全的现世享乐一点美与和谐，在刹那间体会永久，是日本之“象征的文化”里的一种代表艺术。关于这一件事，徐先生一定已有透彻巧妙的解说，不必再来多嘴，我现在所想说的，只是我个人的很平常的喝茶观罢了。

喝茶以绿茶为正宗。红茶已经没有什么意味，何况又加糖——与牛奶？葛辛（George Gissing）的《草堂随笔》（原名*Private Papers of Henry Ryecroft*）确是很有趣味的书，但冬之卷里说及饮茶，以为英国家庭里下午的红茶与黄油面包是一日中最大的乐事，支那饮茶已历千百年，未必能领略此种乐趣与实益的万分之一，则我殊不以为然。红茶带“土斯”未始不可吃，但这只是当饭，在肚饥时食之而已；我的所谓喝茶，却是在喝清茶，在赏鉴其色与香与味，意未必在止渴，自然更不在果腹了。中国古昔曾吃过煎茶及抹茶，现在所用的都是泡茶，冈仓觉三在《茶之书》（*Book of Tea*，1919）里很巧妙地称之曰“自然主义的茶”，所以我们所重的即在这自然之妙味。中国人上茶馆去，左一碗右一碗地喝了半天，好像是刚从沙漠里回来的样子，颇合于我的喝茶的意思（听说闽粤有所谓吃功夫茶者自然更有道理），只可惜近来太是洋场化，失了本意，其结果成为饭馆子之流，只在乡村间还保存一点古风，唯是屋宇器具简陋万分，或者但可称为颇有喝茶之意，而未可许为已得喝茶之道也。

喝茶当于瓦屋纸窗下，清泉绿茶，用素雅的陶瓷茶具，同二三人共饮，得半日之闲，可抵十年的尘梦。喝茶之后，再去继续修各人的胜业，无论为名为利，都无不可，但偶然的片刻优游乃正亦断不可少。中国喝茶时多吃瓜子，我觉得不很适宜；喝茶时可吃的东西应当是轻淡的“茶食”。中国的茶食却变了“满汉饽饽”，其性质与“阿阿兜”相差无几，不是喝茶时所吃的东西了。日本的点心虽是豆米的成品，但那优雅的形色，朴素的味道，很合于茶食的资格，如各色的“羊羹”（据上田恭辅氏考据，说是出于中国唐时的羊肝饼），尤有特殊的风味。江南茶馆中有一种“干丝”，用豆腐干切成细丝，加姜丝酱油，重汤炖热，上浇麻油，出以供客，其利益为“堂倌”所独有。豆腐干中本有一种“茶干”，今变而为丝，亦颇与茶相宜。在南京时常食此品，据云有某寺方丈所制为最，虽也曾尝试，却已忘记，所记得者乃只是下关的江天阁而已。学生们的习惯，平常“干丝”既出，大抵不即食，等到麻油再加，开水重换之后，始行举箸，最为合式，因为一到即罄，次碗继至，不遑应酬，否则麻油三浇，旋即撤去，怒形于色，未免使客不欢而散，茶意都消了。

吾乡昌安门外有一处地方名三脚桥（实在并无三脚，乃是三出，因以一桥而跨三汊的河上也），其他有豆腐店曰周德和者，制茶干最有名。寻常的豆腐干方约寸半，厚可三分，值钱二文，周德和的价值相同，小而且薄，才及一半，黝黑坚实，如紫檀片。我家距三脚桥有步行两小时的路程，故殊不易得，但能吃到油炸者而已。每天有人挑担设炉镬，沿街叫卖，其词曰：

辣酱辣，

麻油炸，

红酱搽，

辣酱拓，

周德和格五香油炸豆腐干。

其制法如上所述，以竹丝插其末端，每枚三文。豆腐干大小如周德和，而甚柔软，大约系常品，唯经过这样烹调，虽然不是茶食之一，却也不失为一种好豆食。——豆腐的确也是极好的佳妙的食品，可以有种种的变化，唯在西洋不会被领解，正如茶一般。

日本用茶淘饭，名曰“茶渍”，以腌菜及“泽庵”（即福建的黄土萝卜，日本泽庵法师始传此法，盖从中国传去）等为佐，很有清淡而甘香的风味。中国人未尝不这样吃，唯其原因，非由穷困即为节省，殆少有故意往清茶淡饭中寻其固有之味者，此所以为可惜也。

城隍庙的书市

阿　英

熟悉上海掌故的人，大概都知道城隍庙是中国的城隍，外国的资本。城隍庙是外国人拿出钱来建筑，而让中国人去烧香敬佛。到那里去的人，每天总是很多很多，目的也各自不同。有的带了子女，买了香烛，到菩萨面前求财乞福。有的却因为那里是一个百货杂陈，价钱特别公道的地方，去买便宜货。还有的，可说是闲得无聊，跑去散散心，喝喝茶，抽抽烟，吃吃瓜子。至于外国人，当然也要去，特别是初到中国来的；他们要在这里考察中国老百姓的风俗习惯，也是要看看他们在中国所施予的成果。所以，当芥川龙之介描写“城隍庙”的时候，特别地注意了九曲桥的乌龟，和中国人到处撒尿的神韵，很艺术地写了出来，我也常常地到城隍庙，可是我却另有一种不同于他们的目的，说典雅一点，就是到旧书铺里和旧书摊上去“访书”。

我说到城隍庙里去“访书”，这多少会引起一部分人奇怪的，城隍庙那里，有什么书可访呢？这疑问，是极其有理。你从“小世界”间壁街道上走将进去，就是打九曲桥兜个圈子再进庙，然后从庙的正殿一直走出大门，除开一爿卖善书的翼化善书局，你实在一个书角也寻不到。可是，事实没有这样简单，要是你把城隍庙的拐拐角角都找到，玩得幽深一点，你就会相信这里不仅是百货杂陈的商场，也是一个文化的中心区域，有很大的古董铺，书画碑帖店，书局，书摊，说书场，画像店，书画展览会，以至于图书馆，不仅有，而且很多，而且另具一番风趣。对于这一方面，我是当然熟习的，就让我来引你们畅游一番吧。

我们从小世界说起。当你走进间壁的街道，你就得留意，那儿是第一个“横路”，第一个“弯”。遇到“弯”了，不要向前，你首先向左边转去，这就到了一条“鸟市”；“鸟市”是以卖鸟为主，卖金鱼、卖狗，以至于卖乌龟为副业的街。你闲闲地走去，听听美丽的鸟的歌声，鹦哥的学舌，北方口音和上海口音的讨价还钱，同时留意两旁，那么，你稳会发现一家东倒西歪的，叫作饱墨斋的旧书铺。走进店，左壁堆的是一直抵到楼板的经史子集；右壁是东西洋的典籍，以至于广告簿；靠后面，则是些中国旧杂书：二十年来的杂志书报，和许多重要不重要的文献，是全放在店堂中的长台子上，这台子一直伸到门口；在门口，有一个大木箱，也放了不少的书，上面插着纸签——“每册五分”。你要搜集一点材料吗？那么，你可以耐下性子，先在这里面翻；经过相当的时间，也许可以翻到你中意的，定价很高的，甚至访求了许多年而得不着的，自然，有时你也会花了若干时间，弄得一手脏，而毫无结果。可是，你不会吃亏。在这“翻”的过程中，可以看到不曾见到听到过的许多图书杂志，会像过眼烟云似的温习现代史的许多断片。翻书本已是一种乐趣，而况还有一些意想不到的收获呢？中意的书已经拿起了，你别忙付钱，再去找台子上的，那里多的是整套头的书，《创造月刊》合订本啦，第一卷的《东方杂志》全年啦，《俄国戏曲集》啦，只要你机会好，有价值的总可以碰到，或者把你残缺的杂志配全，以后你再向各地方，书架上，角落里，桌肚里，一切你认为有注意必要的所在，去翻检一回，掌柜的绝不会有多么误会和不高兴。最后耗费在这里的时间，就是讲价钱了，城隍庙的定价是靠不住的，他“漫天开价”，你一定要“就地还钱”，慢慢地和他们“推敲”。要是你没有中意的，虽然在这里翻了很久，一点不碍的，你尽可扑扑身上的灰，很自然地走开，掌柜有时还会笑嘻嘻地送你到大门口。

在旧书店里，徒徒地在翻书上用功夫，是不够的，因为他们的书不一定放在外面。你要问：“老板，你们某一种书有吗？”掌柜的是记得自己书的，如果有，他会去寻出来给你看。要是没有，你也可以委托他寻访，留个通信处给他。不过，我说的是新书，要是好的版本，甚至于少见的旧木版书，那就要劝你大可不必。因为藏在他们架上的木版书虽也不少，好的却百不得一。收进的时候，并不是没有好书，这些好书，一进门就全被三四马路和他们有关系的旧书店老板挑选了去，标上极大的价钱卖出，很少有你的份。这没有什么奇怪，正和内地的经济集中上海一样，是必然的。但偶尔也有例外。说一件往事吧，有一回，我在四马路受古书店看到了六册残本的《古学江刊》，里面有一部分我很想看看，开价竟是实价十四元，原定价只有三元，当然我不会买。到了饱墨斋，我问店伙：“《古学汇刊》有吗？”他想了半天，想起似乎有这部书的意念，跑进去找，竟从灶角落里找了二十多册来，差不多是全部的了。他笑嘻嘻地说：“本来是全的，我们以为没有用，扔在地下，烂掉几本，给丢了。”最后讲价，是两毛钱一本。这两毛一本的书，到了三四马路，马上就会变成两块半以上，真是有些恶气。不过这种机会，是毕竟不多的。

带住闲话吧。从饱墨斋出来，你可以回到那个“弯”的所在，向右边转。这似乎是条“死路”，一面是墙，只有一面有几家小店，巷子也不过两尺来宽。你别看不起，这其间竟有两家是书铺，叫做“葆光”的一家，还是城隍庙书店的老祖宗，有十几年悠长的历史呢。第一家是菊舲书店，主要的是卖旧西书，和旧的新文化书，木版书偶尔也有几部。这书店很小，只有一个兼充店伙的掌柜，书是散乱不整。但是，你得尊重这个掌柜的，在我的经历中，在城隍庙书市内，只有他是最典型、最有学术修养的。这也是说，你在他手里，不容易买到贱价书，他识货。这个人很喜欢发议论，只要引起他的话头，他会滔滔不绝地发表他的意见。譬如有一回，我拿起一部合订本的《新潮》一卷：“老板，卖几多钱？”他翻翻书：“一只洋。”我说：“旧杂志也要卖这大价钱吗？”于是他发议论了：“旧杂志，都是绝版的了，应该比新书的价钱卖得更高呢。这些书，老实说，要买的人，我就要三块钱，他也得挺着胸脯来买；不要的，我就要两只角子，他也不会要，一块钱，还能说贵么？你别当我不懂，只有那些墨者黑也的人，才会把有价值的书当报纸买。”争执了很久，还是一块钱买了。在包书的时候，他又忍不住地开起口来：“肯跑旧书店的人，总是有希望的，那些没有希望的，只会跑大光明，哪里想到什么旧书铺。”近来他的论调却转换了，他似乎有些伤感。这个中年人，你去买一回书，他至少会重复向你说两回：“唉！隔壁的‘葆光’关了，这真是可惜！有这样长历史的书店，掌柜的又勤勤恳恳，还是支持不下去。这个年头，真是百业凋零，什么生意都不能做！不景气，可惜，可惜！”言下总是不胜感伤之至，一脸的忧郁，声调也很凄楚。当我听到“不景气”的时候，我真有点吃惊，但马上就明白了，因为在他的账桌上，翻开了的，是一本社会科学书，他不仅是一个会做生意的掌柜，而且还是一个孜孜不倦的学者呢！于是，我感到这位掌柜，真仿佛是现代《儒林外史》里的异人了。

听了菊舲书店掌柜的话，你多少有些怅惘吧！至少，经过间壁葆光的时候，你会稍稍地停留，对着上了板门而招牌仍在的这惨败者，发出一些静默的同情。由此向前，就到了九曲桥边。这里，有大批的劣货在叫卖，有业“西洋景”的山东老乡，把裸体女人放出一半，摇着手里的板铃，高声地叫“看活的”，来招诱观众。你可以一路看，一路听，走过那有名的九曲桥，折向左，跑过六个铜子一看的怪人把戏场，一直向前，碰壁转弯——如果你不碰壁就转弯，你会走到庙里去的。转过弯，你就会有“柳暗花明”之感了。先呈现到你眼帘里的，会是几家镜框店，最末一家，是发卖字画古董书籍的梦月斋。你想碰碰古书，不妨走进去一看，不然，是不必停留的。沿路向右转，再通过一家规模宏大的旧书店，一样的没有什么好版本稀有的书的店，跑到护龙桥再停下来。护龙桥，提起这个名字，会使你想到苏州的护龙街。在护龙街，我们可以看到一街的旧书店，存古斋啦，艺芸阁啦，欣赏斋啦，来青阁啦，适存斋啦，文学山房啦，以及其他的书店、刻字店。护龙桥，也是一样，无论是桥上桥下，桥左桥右，桥前桥后，也都是些书店、古玩店、刻字店。所不同于护龙街者，就是在护龙街，多的是“店”，而护龙桥多的是“摊”，护龙街多的是“古籍”，护龙桥多的是新书；护龙街来往的，大都是些“达官贵人”，在护龙桥搜书的，不免是“平民小子”；护龙街是贵族的，护龙桥却是平民的。

现在，就以护龙桥为中心，从桥上的书摊说下去吧。这座桥的建筑形式，和一般的石桥一样，是弓形的，桥下面流着污浊的水。桥上卖书的大“地摊”，因此，也就成了弓形。一个个盛洋烛火油的箱子，一个靠一个，贴着桥的石栏放着，里面满满地塞着新的书籍和杂志，放不下的就散乱地堆铺在地下。每到吃午饭的时候，这类的摊子就摆出了，三个铜子一本，两毛小洋一扎，贵重成套的有时也会卖到一元二元。在这里，你一样的要耐着性子，如果你穿着长袍，可以将它兜到腰际，蹲下来，一本一本地翻。这种摊子，有时也颇多新书，同一种可以有十册以上。以前，有一个时期，充满着真美善的出版物，最近去的一次，却看到大批的《地泉》和《最后的一天》了，这些书都是崭新的，你可以用最低的价钱买了下来。比“地摊”高一级的，是“板摊”，用两块门板，上面放书，底下衬两张小矮凳，买书的人只要弯下腰就能捡书。这样的“板摊”，你打护龙桥走过去，可以看到三四处；这些“摊”，一样的以卖新杂志为主，也还有些日文书。一部日本的一元书，两毛钱可以买到，或一部《未名》的合订本，也只要两毛钱；《小说月报》，三五分钱可以买到一本；这里面，也有很好的社会科学书，历史的资料。我曾经用十个铜子在这里买了两部绝版的书籍:《五四》和《天津事变》，文学书是更多的。这里不像“地摊”，没有多少价钱好还。和这样的摊对立的，是测字摊，紧接着测字摊，就有五家“小书铺”。所谓“小书铺”，是并没有正式门面，只是用木板就河栏钉隔起来的五六尺见方，高约一丈的“隔间”。这几家，有的有招牌，有的根本没有，里面有书架，有贵重的书，主要的是卖西书。不过这种人家，无论西书抑或是中籍，开价总是很高，商务、中华、开明等大书店的出版物，照定价打上四折，是顶地道，你想再公道，是办不到的；杂志都移到“板摊”上卖，这里很难见到。我每次也要跑进去看看，但除非是绝对不可少的书籍，在这里买的时候是很少的。这样书铺的对面，是两三家的碑帖铺，我与碑帖无缘，可说是很少来往。在护龙桥以至于城隍庙的书区里，这一带是最平民的了。他们一点也不像三四马路的有些旧书铺，注意你的衣冠是否齐楚，而且你只要腰里有一毛钱，就可以带三两本书回去，做一回“顾客”；不知道只晓得上海繁华的文人学士，也曾想到在这里有适应于穷小子的知识欲的书市否？无钱买书，而常常在书店里背手对着书籍封面神往，遭店伙轻蔑的冷眼的青年们，需要看书么？若没有图书馆可去，或者需要最近出版的，就请多跑点路，在星期休假的时候，到这里来走走吧。

由此向前，沿着石栏向左兜转过去，门对着另一面石栏的，有一家叫作学海书店的比“板摊”较高级的书铺，里面有木版旧书，有科学，有史学、哲学、社会科学、文学书；门外的石栏上，更放着大批的“鸳鸯蝴蝶派”的书。你也可以花一些时间，在这里面浏览浏览，找找你要买的书。不过，他们的书，是不会像摊上那么贱卖的。一部绝版的《新文学史料》，你得花五毛钱才能买到，一部《海滨故人》或是《天鹅》，也只能给你打个四折。在这些地方，你还有一点要注意，如果有一本书名字对你很生疏，著作人的名字很熟习，你不要放过它。这一类的书，大概是别有道理的。外面标着郭沫若著的《文学评论》（是印成的），里面会是一本另一个人作的《新兴文学概论》；外面是黄炎植的《文学杰作选》，里面会是一部张若英的《现代文学读本》；外面是蒋光慈的什么《女性的日记》，里面会是一册绝不是蒋光慈著的恋爱小说；外面是一个很腐朽的名字，里面会是一部要你“雪夜闭门”读的书。至于那些脱落了封面的，你一样地要一本一本地翻，也许那里面就有你求之不得的典籍。离开这家书铺，沿店铺向右转进去，在这凹子里，又有一家叫作粹宝斋的店。这书店设立得不久，书也不多，有的是很少的木版旧籍，和辛亥革命初期的一些文献。木版旧籍中，也有一两部明版，但都是容易购求的；比较惹我注意的，只是一部古山房版的《两当轩诗钞》，然而，在数年前我早已购得了，且是棉料纸的。总之，这粹宝斋你要得到想买的新文学的文献，或者社会科学书，是很难以如愿的。看过这家书店，你可以重行过桥了，过桥向右折，是一个长阔的走廊，里面有一个卖杂书的“书摊”，出了“廊”，仍就回到了梦月斋的所在。到这时，护龙桥的书市，算你逛完了，但是，此行你究竟买到几册书呢？

跟着潮水一般的游客，你去逛逛城隍庙吧。各种各样的店铺，形形色色的人群，你不妨顺便地考察一番。随着他们走进城隍庙的边门，先看看最后一进的城隍娘娘的卧室，两廊用布画像代塑佛的二殿，香烟迷漫佛像高大的正殿，虔诚进香的信男信女，看中国妇女如何敬神的外国绅士，充满了“海味”的和尚，在这里认识认识封建势力，是如何仍旧地在支配着中国的民众，想一想我们还得走过怎样艰苦的路程，才能走向我们的理想。然后，你可以走将出来，转到殿外的右手，翻一翻城隍庙唯一的把杂志书籍当报纸卖的“书摊”。这“书摊”，历史也是很长的了，是一个曲尺的形式的板架，上面堆着很多的中外杂志和书。我再劝你耐下性子，不要走马看花似的，在这里好好地翻一翻。而且在你翻的时候，你可以旁若无人地把看过的堆作一堆，要买的放在一起，马马虎虎地把捡剩的堆子摊匀一下。卖书的是一个很和气的人，无论你怎么翻，怎么捡，他都没有话说，只是在旁边的茶桌上和几个朋友谈天说地，直到你喊

“卖书的”，他才笑嘻嘻地走了过来。在还价上，你也是绝对的自由，他要十个铜子，你还他一个，也没有愠意，只是说太少。讲定了价，等到你付钱，发现缺少几个，他也没有什么，还会很客气地向你说，“你带去看好了，钱不够有什么关系，下次给我吧。”他有如此的慷慨。这里的书价是很贱，一本刚出版的三四毛钱的杂志，十个铜子就可以买了来，有时还有些手抄本，东西典籍之类。最使我不能忘的，是我曾经在这里买到一部《黄爱庞人铨的遗集》。

城隍庙的书市并不这样就完。再通过迎着正殿戏台上的图书馆的下面，从右手的门走出去，你还会看到两个“门板书摊”。这类书摊上所卖的书，和普通门板摊上的一样，石印的小说，《无锡景》《时新小调》《十二月花名》之类。如果你也注意到这一方面的出版物，你很可以在这里买几本新出的小书，看看这一类大众读物的新的倾向，从这些读物内去学习创作大众读物的经验，去决定怎样开拓这一方面的文艺新路。本来，在城隍庙正门外，靠小东门一头，还有一家旧书铺，这里面有更丰富的新旧典籍，“一·二八”以后，生意萧条，支持不下，现在是改迁到老西门，另外经营教科书的生意了。如果时间还早，你有兴致，当然可以再到西门去看看那一带的旧书铺；但是我怕你办不到，经过二十几处的翻捡，你的精神一定是很倦乏的了……

学画回忆

丰子恺

假如有人探寻我儿时的事，为我作传记或讣启，可以为我说得极漂亮：“七岁入塾即擅长丹青。课余常摹古人笔意，写人物图，以为游戏。同塾年长诸生竞欲乞得其作品而珍藏之，甚至争夺殴打。师闻其事，命出画观之，不信，谓之曰：‘汝真能画，立为我作至圣先师孔子像！不成，当受罚。’某从容研墨伸纸，挥毫立就，神颖晔然。师弃戒尺于地，叹曰：“吾无以教汝矣！’遂装裱其画，悬诸塾中，命诸生朝夕礼拜焉。于是亲友竞乞画像，所作无不惟妙惟肖。……”百年后的人读了这段记载，便会赞叹道：“七岁就有作品，真是天才，神童！”

朋友来信要我写些关于儿时学画的回忆的话。我就根据上面的一段话写些罢。上面的话都是事实，不过欠详明些，宜解说之如下：

我七八岁时——到底是七岁或八岁，现在记不清楚了。但都可说，说得小了可说是照外国算法的；说得大了可说是照中国算法的。——入私塾，先读《三字经》，后来又读《千家诗》。《千家诗》每页的上端有一幅木版画，记得第一幅画的是一只大象，和一个人，在那里耕田，后来我知道这是二十四孝中的大舜耕田图。但当时并不知道画的是什么意思，只觉得看上端的画，比读下面的“云淡风轻近午天”有趣。我家开着染坊店，我向染匠司务讨些颜料来，溶化在小盅子里，用笔蘸了为书上的单色画着色，涂一只红象，一个蓝人，一片紫地，自以为得意。但那书的纸不是道林纸，而是很薄的中国纸，颜料涂在上面的纸上，会渗透下面好几层。我的颜料笔又吸得饱，透得更深。等得着好色，翻开书来一看，下面七八页上，都有一只红象、一个蓝人，和一片紫地，好像用三色版套印的。

第二天上书的时候，父亲——就是我的先生——就骂，几乎要打手心；被母亲不知大姐劝住了，终于没有打。我抽抽咽咽地哭了一顿，把颜料盅子藏在扶梯底下了。晚上，等到先生——就是我的父亲——上鸦片馆去了，我再向扶梯底下取出颜料盅子，叫红英——管我的女仆——到店堂里去偷几张煤头纸[1]来，就在扶梯底下的半桌上的“洋油手照”[2]底下描色彩画。画一个红人，一只蓝狗，一间紫房子……这些画的最初的鉴赏者，便是红英。后来母亲和诸姐也看到了，她们都说“好”；可是我没有给父亲看，防恐吃手心。这就叫作，“七岁入塾即擅长丹青”。况且向染坊店里讨来的颜料不止丹和青呢！

---

① 煤头纸，指卷成纸筒后用以引火的一种薄纸。

② 洋油手照，作者家乡话，意即“火油灯”。

后来，我在父亲晒书的时候找到了一部人物画谱，翻一翻，看见里面花头很多，便偷偷地取出了，藏在自己的抽斗里。晚上，又偷偷地拿到扶梯底下的半桌上去给红英看。这回不想再在书上着色；却想照样描几幅看，但是一幅也描不像。亏得红英想工[①]好，教我向习字簿上撕下一张纸来，印着了描。记得最初印着描的是人物谱上的柳柳州像。当时第一次印描没有经验，笔上墨水吸得太饱，习字簿上的纸又太薄，结果描是描成了，但原本上渗透了墨水，弄得很龌龊，曾经受大姐的责骂。这本书至今还存在，最近我晒旧书时候还翻出这个弄龌龊了的柳柳州像来看：穿了很长的袍子，两臂高高地向左右伸起，仰了头作大笑状。但周身都是斑斓的墨点，便是我当日印上去的。回思我当日首先就印这幅画的原因，大概是为了他高举两臂作大笑状，好像父亲打呵欠的模样，所以特别有兴味吧。后来，我的“印画”的技术渐渐进步。大约十二三岁的时候，（父亲已经去世，我在另一私塾读书了）我已把这本人物谱，统统印全。所用的纸是雪白的连史纸，而且所印的画都着色。着色所用的颜料仍是染坊里的，但不复用原色。我自己会配出各种的间色来，在画上施以复杂华丽的色彩，同塾的学生看了都很欢喜，大家说“比原本上的好看得多！”而且大家问我讨画。拿去贴在灶间里，当作灶君菩萨；或者贴在床前，当作新年里买的“花纸儿”。所以说我“课余常摹古人笔意，写人物花鸟之图，以为游戏。同塾年长诸生竟欲

① “想工”，作者家乡话，意即“办法”。

乞得其作品，而珍藏之”。也都有因：不过其事实是如此。

至于学生夺画相殴打，先生请我画至圣先师孔子像，悬诸塾中，命诸生晨夕礼拜，也都是确凿的事实，你听我说吧：那时候我们在私塾中弄画，同在现在社会里抽鸦片一样是不敢公开的。我好像是一个土贩或私售灯吃的；同学们好像是上了瘾的鸦片鬼，大家在暗头里作勾当。先生坐在案桌上的时候，我们的画具和画都藏好，大家一摇一摆地读“幼学”书，等到下午照例一个大块头来拖先生出去吃茶了，我们便拿出来弄画。我先一幅幅地印出来，然后一幅幅地涂颜料。同学们便像看病时向医生挂号一样，依次认定自己所欲得的画。得画的人对我有一种报酬，但不是稿费或润笔，而是种种玩意儿：金铃子一对连纸匣；揠空老菱壳一只，可以加上绳子去当作陀螺抽的；“云”字顺治铜钱一枚；（有的顺治铜钱，后面有一个字，字共有二十种。我们儿时听大人说，积受了一套用绳编成宝剑形状，挂在床上，夜间一切鬼都不敢来。但其中，好像是“云”字，最不易得；往往为缺少此一字而编不成宝剑。故这种铜钱在当时的我们之间是一种贵重的赠品。）或者铜管子（就是当时炮船上新用的后膛枪子弹的壳）一个。有一次，两个同学为交换一张画，意见冲突，相打起来，被先生知道了。先生审问之下，知道相打的原因是为画；追求画的来源，知道是我所作，便厉声喊我走过去。我料想是吃戒尺了，低着头不睬，但觉得手心里热了。终于先生走过来了。我已吓得魂不附体；但他走到我的座位旁边，并不拉我的手，却问我“这画是不是你画的？”我回答一个“是”。预备吃戒尺了。他把我的身体拉开，抽开我的抽斗，搜查起来。我的画谱，颜料，以及印好而未着色的面，就都被他拽出。我以为这些东西全被没收了；结果不然，他但把画谱拿了去，坐在自己的椅子上一张一张地观赏起来。过了好一会，先生旋转头来叱一声："读！"大家朗朗地读"混沌初开，乾坤始奠。……"这件案子便停顿了。我偷眼看先生，见他把画谱一张一张地翻下去，一直翻到底。放假[①]的时候我挟了书包走到他面前去作一揖，他换了一种与前不同的语气对我说："这书明天给你。"

明天早上我到塾，先生翻出画谱中的孔子像，对我说："你能看了样画一个大的么？"我没有防刘先生也会要我画起画来，有些"受宠若惊"的感觉，支吾地回答说"能"。其实我向来只是"印"，不能"放大"。这个"能"字是被先生的威严吓出来的。说出之后心头发一阵闷，好像一块大石头吞在肚里了。先生继续说："我去买张纸来，你给我放大了画一张，也要着色彩的。"我只得说"好"。同学们看见先生要我画画了，大家装出惊奇和羡慕的脸色，对着我看。我却带着一肚皮心事，直到放假。

放假时我挟了书包和先生交给我的一张纸回家，便去向大姐商量。大姐教我，用一张画方格子的纸，套在画谱的书页中间。画谱纸很薄，孔子像就有经纬格子范围着了。大姊又拿缝纫用的尺和粉线袋给我在先生交给我的大纸上弹了大方格子。然后向镜箱中取出

① 放假，这里指放学。

她画眉毛用的柳条棱来，烧一烧焦，教我依方格子放大的画法。那时候我们家里还没有铅笔，和三角板，米突尺，我现在回想大姐所教我的画法，实在可以佩服。我依照她的指导，竟用柳条枝把一个孔子像的底稿描成了。同画谱上的完全一样，不过大得多。同我自己的身体差不多大。我伴着了热烈的兴味，用毛笔钩出线条；又用大盆子调了多量的颜料。着上色彩，一个鲜明华丽而伟大的孔子像就出现在纸上。店里的伙计，作坊里的司务，看见了这幅孔子像，大家说："出色！"还有几个老妈子，尤加热烈地称赞我的"聪明"和画的"齐整"。并且说："将来哥儿给我画个容像，死了挂在灵前，也占些风光。"我在许多伙计，司务，和老妈子的盛称声中，俨然地成了一个小画家。但听到老妈子要托我画容像。心中却有些儿着慌。我原来只会"依样画葫芦"的！全靠那格子放大的枪花，把书上的小画改成为我的"大作"；又全靠那颜色的文饰，使书上的线描一变而为我的"丹青"。格子放大是大姐教我的，颜料是染匠司务给我的，归到我自己名下的工作，仍旧只有"依样画葫芦"。如今老妈子要我画容像，说"不会画"有伤体面；说"会画"将来如何兑现？且置之不答，先把画缴给先生去。先生看了点头。次日画就黏贴在堂名匾下的板壁上。学生们每天早上到塾，两手捧着书包向它拜一下。晚上散学，再向它拜一下。我也如此。

自从我的"大作"在塾中的堂前发表以后，同学们就给我一个绰号"画家"。每天来访先生的大块头看了画，点点头对先生说："可以。"这时候学校初兴，先生忽然要把我们的私塾大加改良了。

他买一架风琴来，自己先练习几天，然后教我们唱“男儿第一志气高，年纪不妨小”的歌。又请一个朋友来教我们学体操。我们都很高兴。有一天，先生呼我走过去，拿出一本书和一大块黄布来，和蔼地对我说：“你给我在黄布上画一条龙。”又翻开书来，继续说：“照这条一样。”原来这是体操时用的国旗。我接受了这命令，只得又去向大姐商量；再用老法子把龙放大，然后描线，涂色。但这会的颜料不是从染坊店里拿来，是由先生买来的铅粉，牛皮胶，和红黄蓝各种颜料。我把牛皮胶煮溶了，加入铅粉，调制各种不透明的颜料，涂到黄布上，同西洋中世纪的Fresco画法相似。龙旗画成了，就被高高地张在竹竿上，引导学生通过市镇，到野外去体操。我悔不在体操后偷把龙旗藏过了，好让我的传记里添两句：“其画龙点睛后忽不见，盖已乘云上天矣。”我的“画家”绰号自此更盛行；而老妈子的画像也催促得更紧了。

我再向大姐商量。她说二姐丈会画肖像，叫我到他家去“偷关子”。我到二姐丈家果然看见他们有种种特别的画具，玻璃九宫格、擦笔、木炭铅笔、米突尺、三角板。我向二姊丈请教了些笔法，借了些画具；又借了一包照片来，作为练习的样本。因为那时我们家乡地方没有照相馆，我家里没有可用玻璃格子放大的四寸半身照片。回家以后，我每天放学后就埋头在擦笔照相画中。这原是为了老妈子的要求而“抱佛脚”的；可是她没有照相，只有一个人。我的玻璃格子不能罩到她的脸孔上去，没有办法给她画像。天下事有会巧妙地解决的。大姐在我借来的一包样本中选出老妇的一张照片来，说：“把个人的下巴改尖些，就活像我们的老妈子了。”我依计而行，果然画了一幅八九分像的肖像画，外加在擦笔上面涂以漂亮的淡彩：粉红色的肌肉，翠蓝色的上衣，花带镶边；耳朵上外加挂上一双金黄色的珠耳环。老妈子看见珠耳环心花盛开，即使完全不像，也说“像”了。自此以后，亲戚家死了人我就有差使——画容像。活着的亲戚也拿一张小照来叫我放放大，挂在厢房里；预备将来可现成地移挂在灵前。我十七岁出外求学，年假暑假回家时还常常接受这种兼务生意。直到我十九岁时，从先生学了木炭写生画，读了美术的论著，方才把此业抛弃。到现在，在故乡的几位老伯伯和老太太之间，我的擦笔肖像画家的名誉依旧健在；不过他们大都以为我近来“不肯”画了，不再来请教我。前年还有一位老太太把她的新死了的丈夫的四寸照片寄到我上海的寓新来，哀求地托我写照。此道我久已生疏，早已没有画具，况且又没有时间和兴味。但无法对她说明，就把照片送到霞飞路的某照相馆里，托他们放大为二十四寸的，寄了去。后遂无问津者。

假如我早得学木炭写生画，早得受美术论著的指导，我的学画不会走这条崎岖的小径。唉，可笑的回忆，可耻的回忆，写在这里，给世间学画的人作借镜罢。

山中避雨

丰子恺

前天同了两女孩到西湖山中游玩，天忽下雨。我们仓皇奔走，看见前方有一小庙，庙门口有三家村，其中一家是开小茶店而带卖香烛的。我们趋之如归。茶店虽小，茶也要一角钱一壶。但在这时候，即使两角钱一壶，我们也不嫌贵了。

茶越冲越淡，雨越落越大。最初因游山遇雨，觉得扫兴；这时候山中阻雨的一种寂寥而深沉的趣味牵引了我的感兴，反觉得比晴天游山趣味更好。所谓“山色空蒙雨亦奇”，我于此体会了这种境界的好处。然而两个女孩子不解这种趣味，她们坐在这小茶店里躲雨，只是怨天尤人，苦闷万状。我无法把我所体验的境界为她们说明，也不愿使她们“大人化”而体验我所感的趣味。

茶博士坐在门口拉胡琴。除雨声外，这是我们当时所闻的唯一的声音。拉的是《梅花三弄》，虽然声音摸得不大正确，拍子还拉得不错。这好像是因为顾客稀少，他坐在门口拉这曲胡琴来代替收音机作广告的。可惜他拉了一会就罢，使我们所闻的只是嘈杂而冗长的雨声。为了安慰两个女孩子，我就去向茶博士借胡琴。“你的胡琴借我弄弄好不好？”他很客气地把胡琴递给我。

我借了胡琴回茶店，两个女孩很欢喜。“你会拉的？你会拉的？”我就拉给她们看。手法虽生，音阶还摸得准。因为我小时候曾经请我家邻近的柴主人阿庆教过《梅花三弄》，又请对面弄内一个裁缝司务大汉教过胡琴上的工尺。阿庆的教法很特别，他只是拉《梅花三弄》给你听，却不教你工尺的曲谱。他拉得很熟，但他不知工尺。我对他的拉奏望洋兴叹，始终学他不来。后来知道大汉识字，就请教他。他把小工调、正工调的音阶位置写了一张纸给我，我的胡琴拉奏由此入门。现在所以能够摸出正确的音阶者，一半由于以前略有摸violin[①]的经验，一半仍是根基于大汉的教授的。在山中小茶店里的雨窗下，我用胡琴从容地（因为快了要拉错）拉了种种西洋小曲。两女孩和着了歌唱，好像是西湖上卖唱的，引得三家村里的人都来看。一个女孩唱着《渔光曲》，要我用胡琴去和她。我和着她拉，三家村里的青年们也齐唱起来，一时把这苦雨荒山闹得十分温暖。我曾经吃过七八年音乐教师饭，曾经用piano伴奏过混声四部合唱，曾经弹过Beethoven的sonata[②]。但是有生以来，没有尝过今日般的音乐的趣味。

两部空黄包车拉过，被我们雇定了。我付了茶钱，还了胡琴，

① 英语，意为小提琴。

② 英语，意为贝多芬的奏鸣曲。

辞别三家村的青年们，坐上车子。油布遮盖我面前，看不见雨景。我回味刚才的经验，觉得胡琴这种乐器很有意思。Piano笨重如棺材，violin要数十百元一具，制造虽精，世间有几人能够享用呢？胡琴只要两三角钱一把，虽然音域没有violin之广，也尽够演奏寻常小曲。虽然音色不比violin优美，装配得法，其发音也还可听。这种乐器在我国民间很流行，剃头店里有之，裁缝店里有之，江北船上有之，三家村里有之。倘能多造几个简易而高尚的胡琴曲，使像《渔光曲》一般流行于民间，其艺术陶冶的效果，恐比学校的音乐课广大得多呢。我离去三家村时，村里的青年们都送我上车，表示惜别。我也觉得有些儿依依。（曾经搪塞他们说："下星期再来！"其实恐怕我此生不会再到这三家村里去吃茶且拉胡琴了。）若没有胡琴的因缘，三家村里的青年对于我这路人有何惜别之情，而我又有何依依于这些萍水相逢的人呢？古语云："乐以教和。"我做了七八年音乐教师没有实证过这句话，不料这天在这荒村中实证了。

山之子

李广田

住在“中天门”的“泰山旅馆”里，我们每天得有方便，在“快活三里”目送来往的香客。

自“岱宗坊”至“中天门”，恰好是登绝顶的山路之一半。“斗母宫”以下尚近于平坦，久于登山的人说那一段就是平川大道。自“斗母宫”以上至“中天门”，则步步向上，逐渐陡险，尤其是“峰回路转”以上，初次登山的就以为已经陡险到无以复加了。尤其妙处，则在于“南天门”和“绝顶”均为“中天门”的山头所遮蔽，在“中天门”下边的人往往误认“中天门”为“南天门”，于是心里想道这可好了，已经登峰造极了，及至费了很大的力气攀到“中天门”时，猛然抬头，才知道从此上去却仍有一半更陡险的盘路待登，登山人不能不仰面兴叹了。然而紧接着就是“快活三里”，于是登山人就说这是神的意思，不能不坐下来休息，且向神明致最诚的敬意。

由“中天门”北折而下行，曰“倒三盘”，以下就是二三里的平路。那条山路不但很平，而且完全不见什么石块在脚下磕磕绊绊，使上山人有难言的轻快之感。且随处是小桥流水，破屋丛花，鸡鸣犬吠，人语相闻。山家妇女多做着针织在松柏树下打坐，孩子们常赤着结实的身子在草丛里睡眠，这哪里是登山呢，简直是回到自己的村落中了。虽然这里也有几家卖酒食的，然而那只是做另一些有钱人的买卖，至于乡下香客，他们的办法却更饶有佳趣。他们三个一帮，五个一团，他们用一只大柳条篮子携着他们的盛宴：有白酒，有茶叶，有煎饼，有咸菜，有已经劈得很细的干木柴，一把红铜的烧心壶，而"快活三里"又为他们备一个"快活泉"。这泉子就在"快活三里"的中间，在几树松柏荫下，由一处石崖下流出，注入一个小小的石潭，水极清冽，味亦颇甘，周有磐石，恰好作了他们的几筵。黎明出发，到此正是早饭时辰，于是他们就在这儿用过早饭，休息掉一身辛苦，收拾柳筐，呼喝着重望"南天门"攀登而上了。我们则乐得看这些乡下人朴实的面孔，听他们以土音说乡下事情，讲山中故事，更羡慕从他们柳篮内送出来的好酒香。自然，我们还得看山，看山岭把我们绕了一周，好像把我们放在盆底，而头上又有青翠的天空作盖。看东面山崖上的流泉，听活活泉声，看北面绝顶上的人影，又有白云从山后飞过，叫我们疑心山雨欲来。更看西面的一道深谷，看银雾从谷中升起，又把诸山缠绕。我们是为看山而来的，我们看山然而我们却忘记了是在看山。

等到下午两三点钟左右，是香客们下山的时候了。他们已把他们的心事告诉给神明，他们已把一年来的罪过在神前取得了宽恕，于是他们像修完了一桩胜业，他们的脸上带着微笑，他们的心里更非常轻松。而他们的身上也是轻松的，柳篮里空了，酒瓶里也空了，他们把应用的东西都打发在山顶上，把余下的煎饼屑，和临出发时带在身上的小洋针、棉花线、小铜元和青色的制钱，也都施舍给了残废的讨乞人。他们从山上带下平安与快乐在他们心里，他们又带来许多好看的百合花在空着的篮里，在头巾里，在用山草结成的包裹里。我们不明白这些百合花是从哪里得来的，而且那么多，叫我们觉得非常稀奇。

我们前后在这里住过十余日，一共接纳了两个小朋友，一名刘兴，一名高立山。我几时遇到高立山总是同他开一次玩笑："高立山，你本来就姓高，你立在山上就更高了。"这样喊着，我们大家一齐笑。

忽然听到两声尖锐的招呼，闻声不见人，使我觉得更好玩。原来那呼声是来自雾中，不过十分钟就看见我那两个小朋友从雾中走来了；刘兴和高立山。高立山这名字使我喜欢。我爱设想，远游人孑然一身，笔立泰山绝顶被天风吹着，图画好看，而画中人却另有一番怆恨。刘兴那孩子使我想起我的弟弟，不但相貌相似，精神也相似，是一个朴实敦厚的孩子。我不见我的弟弟已经很久了。我简直想抱吻面前的刘兴，然而那孩子看见我总是有些畏缩，使我无可如何。

"呀！独个儿在这里不害怕吗？"

我正想同他们打招呼，他们已同声这样喊了。

我很懂得他们这点惊讶。他们总以为我是城市人，而且来自远方，不懂得山里的事情，在这样大雾天里孑然独立，他们就替我担心了。说是担心倒也很亲切，而其中却也有些玩弄我的意味吧，这个就更使我觉得好玩。我在他们面前时常显得很傻，老是问东问西，我向他们打听山花的名字，向他们访问四叶参或何首乌是什么样子，生在什么地方，问石头，问泉水，问风候云雨，问故事传说。他们都能给我一些有趣的回答。于是他们非常骄傲，他们又笑话我少见多怪。

“害怕？有什么可怕呢？”我接着问。

“怕山鬼，怕毒蛇。——怕雾染了你的眼睛，怕雾湿了你的头发。”

他们都哈哈大笑了。笑一阵，又告诉我山鬼和毒蛇的事情。他们说山上深草中藏伏毒蛇，此山毒蛇也并不怎么长大，颜色也并不怎么凶恶，只仿佛是石头颜色，然而它们却极其可怕，因为它们最喜欢追逐行人，而它们又爬得非常迅速，简直如同在草上飞驰，人可以听到沙沙的声音。有人不幸被毒蛇缠住，它至死也不会放松，除非你立刻用镰刀把它割裂，而为毒蛇所啮破的伤痕是永难痊愈的，那伤痕将继续糜烂，以至把人烂死为止。这类事情时常为割草人或牧羊人所遭遇。

“毒蛇既到处皆是，为什么我还不曾见过？”

“你不曾见过，不错，你当然不会见到，因为山里的毒蛇白天是不出来的，你早晨起来不看见草叶上的白沫吗？”说这话的是刘兴。

这件证明颇使我信服，因为我曾见过绿草上许多白沫，我还以为那是牛羊反刍所流的口涎呢。而且尤以一种叶似竹叶的小草上最常见到白沫，我又曾经误认那就是薇一类植物，于是很自然地想起饿死首阳山的两个古人。

高立山却以为刘兴的说明尚不足奇，他更以惊讶的声色告诉道：

“青天白日固然不出来，像这样大雾天却很容易碰见毒蛇。”

刘兴又仿佛害怕的样子加说道：“不光毒蛇呀，就连山鬼也常常在大雾天出现呢。”

他们说山鬼的样子总看不清，大概就像团团的一个人影儿。山鬼的居处是巉岩之下的深洞里。那些地方当然很少有人敢去，尤其当夜晚或者雾天。原来山鬼也同毒蛇一样，有时候误认大雾为黑夜。打柴的，采药的，有时碰见山鬼，十个有八个就不能逃生，因为山鬼也像水鬼一样，喜欢换替死鬼，遇见生人便推下巉岩或拉入石窟。他们又说常听见山鬼的哭声和呼号声，那声音就好像雾里刮大风。

“你不信吗？”高立山很严肃地想说服我，“我告诉你，哑巴的爹爹和哥哥都是碰到了山鬼，摔死在后山的山涧里。”

他们的声音变得很低，脸色也有些沉郁，他们又向远方的浓雾中送一个眼色，仿佛那看不见的地方就有山鬼。

这话颇引起我的好奇，我同他们打听那个哑子是什么人物。他们说那哑巴就住在上边“升仙坊”一旁的小庙里，他遇见任何人总爱比手画脚地说他的哑巴话。于是我急忙说道：“我知道，我知道，我见过他，我见过他。”这回忆使我喜悦，也使我怅惘。一日清晨，我们欲攀登山之绝顶，爬到“升仙坊”时正看到许多人停下来休息，而那也正是应当休息的地方，因为从此以上，便是最难走的“紧十八盘”了。我们坐下来以后，才知道那些登山人并非只为了休息，同时，他们是正在听一个哑子讲话。一个高大结实的汉子，山之子，正站在“升仙坊”前面峭壁的顶上，以洪朗的声音，以只有他自己能了解的语言，说着一个别人所不能懂的故事，虽然他用了种种动作来作为说明，然而却依然没有人能够懂他。我当然也不懂他，然而我却懂得了另一个故事：泰山的精灵在宣说泰山的伟大，正如石头不能说话，我们却自以为懂得石头的心灵。只要一想起“升仙坊”那个地方，便是一幅绝好的图画了：向上去是“南天门”，“南天门”之上自然是青天一碧，两旁壁立千仞，松柏森森，中间夹一线登天的玉梯，再向下看呢，“浮云连海岱，平野入青徐”，俯视一气，天下就在眼底了，而我们的山之子就笔立在这儿，今天我才知道他是永远住在这里的。我急忙止住两个孩子：“你且慢讲，你且慢讲，我告诉你，我告诉你。”但是我将告诉他们什么呢？我将说那个哑巴在山上说一大篇话却没有人懂他，他好不寂寞呀，他站在峭岩上好不壮观啊，风之晨，雨之夕，“升仙坊”的小庙将是怎样的飘摇呢？至若星月在天，举手可摘，谷风不动，露凝天阶，山之子该有怎样的一山沉默呀！然而我却不能不怀一个闷葫芦，到底那哑巴是说了些什么呢？“高立山，告诉我，他到底是说了些什么呢？”我不能不这样问了。

“说些什么，反正是那一套啦，说他爸爸是因为到山涧采山花摔死的，他的哥哥也一样地摔死在山涧里了。”高立山翻着白眼说。

“就是啦，他们就是被山鬼讨了替代啊，为了采山花。”刘兴又提醒我。

山花？什么山花？两个孩子告诉我：百合花。

两个小孩子就继续告诉我哑巴的故事。泰山后面有一个古涸涧，两面是峭壁，中间是深谷，而在那峭壁上就生满了百合涧。自然，那个地方是很少有人攀登的，然而那些自生的红百合实在好看。百合花生得那么繁盛，花开得那么鲜艳，那就是一个百合涧。哑巴的爸爸是一个顶结实勇敢的山汉，他最先发现这个百合涧，他攀到百合涧来采取百合，卖给从乡下来的香客。这是一件非常艰险的工作，攀着乱石，拉着荆棘，悬在陡崖上掘一株百合必须费很大工夫，因此一株百合也卖得一个好价钱。这事情渐渐成为风尚，凡进香人都乐意带百合花下山，于是哑巴的哥哥也随着爸爸做这项事业。然而父子两个都遭了同样的命运：爸爸四十岁时在一个浓雾天里坠入百合涧，作哥哥的到三十岁上又为一阵山风吹下了悬崖。从此这采百合的事业更不敢为别人所尝试，然而我们的山之子，这个哑巴，却已到了可以承继父业的成年，两条人命取得一种特权，如今又轮到了哑巴来占领这百合涧。他也是勇敢而大胆，他也不曾忘记爸爸和哥哥的殉难，然而就正为了爸爸和哥哥的命运，他不得不拾起这以生命为孤注的生涯。他住在“升仙坊”的小庙里，趁香客最多时他去采取百合，他用这方法来奉养他的老母和他的寡嫂。

我很感激两个小孩子告诉我这些故事。刘兴那孩子说完后还显得有些忧郁，那种木讷的样子就更像我的弟弟。雾渐渐收起，却又吹来了山风，我们都觉得有些冷意，我说了“再见”向他们告辞。

天气渐渐冷起来了。山下人还可以穿单衣，住在山上就非有棉衣不行了。又加上多雨多雾，使精神上感到极不舒服。因为我们不曾携带御寒的衣服，就连“快活三里”也不常去了。选一个比较晴朗的日子，我们决定下山。早晨起来就打好了行李，早饭之后就来了轿子。两个抬轿子的并非别人，乃是刘兴的爸爸和高立山的爸爸，这使我们觉得格外放心。跟在轿子后面的是刘兴和高立山，他们是特来给我们送行的。此刻的我简直是在惜别了，我不愿离开这个地方，我不愿离开两个小朋友，尤其是刘兴——我的弟弟。他们的沉默我很懂得，他们也知道，此刻一别就很难有机会相遇了。而且，真巧，为什么一切事情安排得这样巧呢，我们的行李已经搬到轿子上了，我们就要走了，忽然两个孩子招呼道：“哑巴，哑巴，哑巴来了！”

不错，正是那个哑巴，我们在“升仙坊”见过他。他已经穿上了小棉袄，他手上携一个大柳筐。我特为看看他的筐里是什么东西，很简单：一把挖土的大铲子，一把刀，一把大剪子。我们都沉默着，哑巴却同别人打开了招呼。两个孩子哑哑地学他说话，旅馆中人大声问他是否下山，他不但哑，而且也聋，同他说话就非大声不行。于是他也就大声哑哑地回答着，并指点着，指点着山下，指点着他的棉袄，又指点着他的筐子，又指点着“南天门”。我们明白他昨天曾下山去，今天早晨刚上来。我同昭都想从这个人身上有所发现，但也不知道要发现些什么。在一阵喧嚷声中，我们的轿子已经抬起来了。两个小朋友送了我们颇长的一段路，等听不见他俩的话声时，我还同他们招手，摇帽子，而我的耳朵里却还仿佛听见那个哑巴的咿咿呀呀。

饿

萧　红

列巴圈挂在过道中别人的门上，过道好像还没有天明，可是电灯已经熄了！夜间遗留下睡蒙蒙的气息充塞过道。茶房气喘着，抹着地板。

我不愿意醒得太早，可已经醒了，并且再不能睡去。

厕所房的电灯仍开着，和夜间一般昏黄，好像黎明还没有到来，可是列巴圈已经挂好别人家的门了！有的牛奶瓶也规规矩矩地等在别人家的门外，只要一醒来，就可以随便吃喝，但这只限于别人，是别人的事，与自己无关。

扭开了电灯，浑睡在床上，他睡得那样恬静，连呼吸也不震动空气一下，我听一听过道，一个人也没走动，全旅馆的三层楼都在睡中，越这样越引诱我，我的那种想头越坚决，好像有一块黄金遗失在我家门外，即使我不开门，黄金也会跳进来似的。过道尚没有一点声息，过道越静越引诱我，我的那种想头越充涨：去拿吧！正是时候，即使是偷，那就偷吧！

轻轻扭动钥匙，门一点响动也没有，探头看了看，列巴圈对门就挂着，东隔壁也挂着，西隔壁也挂着。天快亮了、牛奶瓶的乳白色，看得真真切切，列巴圈比每天也大了些。结果什么也没去拿，我心里发烧，耳朵热了一阵，立刻想到这是偷，儿时的记忆再现出来——偷梨吃的孩子最羞耻——过了好久，我就贴在已关好的门扇上，仿佛是一个没有肉体没有灵魂的纸剪成的人。大概这样吧！街车唤醒了我，马蹄得得，车轮吱吱地响过去。我抱紧胸膛，把头也挂到胸，向我自己的心说：

“我，饿呀！我不是偷。”

第二次又打开门，这回我决心了：偷就偷，虽然只是几个列巴圈我也偷，为着我饿，为着他饿。第二次我又失败，那么不去做第三次了！下了最后的决心爬上床，关了灯！推一推他，他没有醒，我怕他醒，怕他看见我要偷别人的东西，在偷这一刻，他也是我的敌人，假若我有母亲，母亲也是敌人。

天亮，人们醒了，马路也醒了！做了家庭教师无处吃饭也要去上课，并且要练把式。他喝了一杯空茶走的。我没有偷，他就没有吃到，过道的列巴圈们，早已不见了，都让别人吃掉了。

从昨夜饿到中午，四肢感到软，肚子好像在学校时被踢打放了气的篮球。

窗子在墙壁中央，天窗似的，我从窗口伸了出去，赤裸裸，那完全和日光接近，市街临在我的脚下；直线的，错综着许多角度的楼房；大柱子一般的工厂烟筒；街道横竖交错着；秃光的街树；白云在天空作出各样的曲线。高空的风吹破我的头发，飘荡我的衣襟。市街和一张繁繁杂杂颜色不清晰的地图挂在我的眼前。楼顶和树梢都挂住一层稀薄的白霜。整个城市在阳光下闪闪烁烁撒了一层银片。我的衣襟被风拍着作响。我冷了。我孤孤独独的好像站在无人的山顶。每家楼顶的白霜，一刻已不是银片了，而是一些雪片，冰花，或是什么更严寒的东西吸住我，全身浴在冷水里一般。

我披了棉被再出现到窗口，那不是全身，仅仅是头和胸突在窗口。一个女人站在一家药店门口讨钱，手下牵着孩子，衣襟下裹着更小的孩子。药店没有人出来理她，过路人也不理她，都像说她有孩子不对，都像说她穷就不该有孩子，有也应该饿死。我只能看到街路的那半面，那女人大概向我的窗下走来，因为我听到那孩子的哭声很近。

“老爷……太太！可怜，可怜！”可是看不见她又在追逐什么人。虽然是三层楼也听得十分清晰，她一定是抱着孩子跑赶着，连她的断断续续的呼吸几乎都听得到：

“老爷……老爷……可怜……可怜吧。”

那女人一定正跟我相同，那女人一定早饭还没有吃，也许昨晚的饭也没有吃。她在楼下急迫的来复的呼吸传染了我，肚子立刻响起来，肠子不住呼叫……

他仍不回来，我拿什么喂我的肚子呢？桌子可以吗？草褥子可以吗？

晒着阳光的行人道，来往的行人，小贩，乞丐……这一些看得我疲倦了，打着呵欠从窗口爬下来。窗子关起，立刻生满了霜，过一刻玻璃片就流着眼泪了，起初一条一条的，后来就大哭，满脸是泪，玻璃窗片好像行人道上在讨饭的母亲的脸。

我坐在小屋里，像饿在笼中的鸡一般，只想合起眼睛来静着默着，但又不是睡。

“咯咯”，这是谁在打门，我快去开门。三年前旧学校里的图画先生，他和从前一样很喜欢说感伤一类的笑话，没有改变，只是胖了一点。眼睛又小了一点。

他随便说，说得很多。他的女儿，那个穿红花旗袍的小姑娘，红花旗袍又加了件黑绒上衣，她坐在藤椅上，怪美丽的。但她有点不耐烦的样子：

“爸爸，我们走吧！”小姑娘哪里懂得人生，小姑娘只知道美，那里懂得人生。高先生问我：

“你一个人住在这里吗？”

“是。”我当时不晓得为什么答应“是”，明明是和他同住，怎么要说自己住呢？

好像这几年并没有别开，我仍在那个学校读书一样。他说：“总也没见到你，我想是到别处去了。……还是一个人好，可以把整个身心献给艺术，你现在不喜欢画，喜欢文学，就把全心献给文学。只有忠于艺术的心才不空虚，只有艺术才是美，‘爱情’这话很难说，若是为了性欲才爱，那么就不如临时解决，随便可以找到一个！只要是异性。爱是爱，爱很不容易，那么就不如爱艺术比较有意义……”

“爸爸走吧。”小姑娘那里懂得人生，只知道美，他看一看这屋子。一点意思也没有，床上只铺一张草褥子。

“是，走。”高先生又说，眼睛指着女儿，“你看我十三岁就结了婚，这不是吗？高芸都十五岁啦……”

“爸爸，我们走吧！”

他像我在学校读书时一样，总爱说他十三岁就结了婚。差不多全校的同学都知道高先生是十三岁就结了婚的。

“爸爸，我们走吧！”

他把一张钱票丢在桌上就带着女儿走了。

他还没有回来，我应该立刻想到饿，但我完全被青春迷惑了！读书时候哪里懂得饿？只晓得青春最重要。虽然现在也并没老，但总觉得青春是过去了。

我这样冥想了一个长时间，心浪像海水一般地潮了一阵，追求实际吧！青春唯有自私的人才系念它。只有饥寒，没有青春。

几天没有去过小饭馆，又坐在那里边吃喝了，我对他问：

“很累了吧？腿疼不？道外，道里，南岗要有十五里路……”只要有吃他很满足，我也很满足，其余什么都忘掉。那个饭馆我已经习惯，还不等他坐下，我就抢下一个地方先坐下，我也把菜的名字记得很熟，什么辣椒白菜啦……什么酱鱼啦！怎么叫酱鱼呢？那里有鱼：用鱼骨头炒一点酱，借一点鱼味就是啦！我很有把握，我简直都不用算一算就知这些样菜也超不过一角钱，因此我很大的声音招呼，我不怕，我不怕花钱。

回来。没有睡觉之前，我们一面喝着开水一面说：

“这回又饿不着了！又够吃些日子！”

他的袜子，脚踵和脚趾全露在外面，我说：

“买一双去吧。”

他说：“不能买，没有钱，连吃饭都不能，有钱也不能买袜子！”

闭了灯，又满足又安适地睡了一夜。

回忆鲁迅先生

萧　红

鲁迅先生的笑声是明朗的，是从心里的欢喜。若有人说了什么可笑的话，鲁迅先生笑得连烟卷都拿不住了，常常是笑得咳嗽起来。

鲁迅先生走路很轻捷，尤其使人记得清楚的，是他刚抓起帽子来往头上一扣，同时左腿就伸出去了，仿佛不顾一切地走去。

鲁迅先生不大注意人的衣裳，他说："谁穿什么衣裳我看不见的……"

鲁迅先生生病，刚好了一点，他坐在躺椅上，抽着烟，那天我穿着新奇的火红的上衣，很宽的袖子。

鲁迅先生说："这天气闷热起来，这就是梅雨天。"他把他装在象牙烟嘴上的香烟，又用手装得紧一点，往下又说了别的。

许先生忙着家务，跑来跑去，也没有对我的衣裳加以鉴赏。

于是我说："周先生，我的衣裳漂亮不漂亮？"

鲁迅先生从上往下看了一眼："不大漂亮。"

过了一会又接着说："你的裙子配的颜色不对，并不是红上衣不好看，各种颜色都是好看的，红上衣要配红裙子，不然就是黑裙子，咖啡色的就不行了；这两种颜色放在一起很浑浊……你没看到外国人在街上走的吗？绝没有下边穿一件绿裙子，上边穿一件紫上衣，也没有穿一件红裙子而后穿一件白上衣的……"

鲁迅先生就在躺椅上看着我："你这裙子是咖啡色的，还带格子，颜色浑浊得很，所以把红色衣裳也弄得不漂亮了。"

"……人瘦不要穿黑衣裳，人胖不要穿白衣裳；脚长的女人一定要穿黑鞋子，脚短就一定要穿白鞋子；方格子的衣裳胖人不能穿，但比横格子的还好；横格子的胖人穿上，就把胖子更往两边裂着，更横宽了，胖子要穿竖条子的，竖的把人显得长，横的把人显的宽……"

那天鲁迅先生很有兴致，把我一双短筒靴子也略略批评一下，说我的短靴是军人穿的，因为靴子的前后都有一条线织的拉手，这拉手据鲁迅先生说是放在裤子下边的……

我说："周先生，为什么那靴子我穿了多久了而不告诉我，怎么现在才想起来呢？现在我不是不穿了吗？我穿的这不是另外的鞋吗？"

"你不穿我才说的，你穿的时候，我一说你该不穿了。"

那天下午要赴一个宴会去，我要许先生给我找一点布条或绸条束一束头发。许先生拿了来米色的绿色的还有桃红色的。经我和许先生共同选定的是米色的。为着取笑，把那桃红色的，许先生举起来放在我的头发上，并且许先生很开心地说着：

“好看吧！多漂亮！”

我也非常得意，很规矩又顽皮地在等着鲁迅先生往这边看我们。

鲁迅先生这一看，脸是严肃的，他的眼皮往下一放向着我们这边看着：

“不要那样装饰她……”

许先生有点窘了。

我也安静下来。

鲁迅先生在北平教书时，从不发脾气，但常常好用这种眼光看人，许先生常跟我讲。她在女师大读书时，周先生在课堂上，一生气就用眼睛往下一掠，看着他们，这种眼光是鲁迅先生在记范爱农先生的文字里曾自己述说过，而谁曾接触过这种眼光的人就会感到一个旷代的全智者的催逼。

我开始问：“周先生怎么也晓得女人穿衣裳的这些事情呢？”

“看过书的，关于美学的。”

“什么时候看的……”

“大概是在日本读书的时候……”

“买的书吗？”

“不一定是买的，也许是从什么地方抓到就看的……”

“看了有趣味吗？！”

“随便看看……”

“周先生看这书做什么？”

“……”没有回答，好像很难回答。

许先生在旁说：“周先生什么书都看的。”

在鲁迅先生家里做客人，刚开始是从法租界来到虹口，搭电车也要差不多一个钟头的工夫，所以那时候来的次数比较少。记得有一次谈到半夜了，一过十二点电车就没有的，但那天不知讲了些什么，讲到一个段落就看看旁边小长桌上的圆钟，十一点半了，十一点四十五分了，电车没有了。

“反正已十二点，电车已没有，那么再坐一会。”许先生如此劝着。

鲁迅先生好像听了所讲的什么引起了幻想，安顿地举着象牙烟嘴在沉思着。

一点钟以后，送我（还有别的朋友）出来的是许先生，外边下着的蒙蒙的小雨，弄堂里灯光全然灭掉了，鲁迅先生嘱咐许先生一定让坐小汽车回去，并且一定嘱咐许先生付钱。

以后也住到北四川路来，就每夜饭后必到大陆新村来了，刮风的天，下雨的天，几乎没有间断的时候。

鲁迅先生很喜欢北方饭，还喜欢吃油炸的东西，喜欢吃硬的东西，就是后来生病的时候，也不大吃牛奶。鸡汤端到旁边用调羹舀了一二下就算了事。

有一天约好我去包饺子吃，那还是住在法租界，所以带了外国酸菜和用绞肉机绞成的牛肉，就和许先生站在客厅后边的方桌边包起来。海婴公子围着闹得起劲，一会按成圆饼的面拿去了，他说做了一只船来，送在我们的眼前，我们不看他，转身他又做了一只小鸡。许先生和我都不去看他，对他竭力避免加以赞美，若一赞美起来，怕他更做得起劲。

客厅后边没到黄昏就先黑了，背上感到些微微的寒凉，知道衣裳不够了，但为着忙，没有加衣裳去。等把饺子包完了看看那数目并不多，这才知道许先生与我们谈话谈得太多，误了工作。许先生怎样离开家的，怎样到天津读书的，在女师大读书时怎样做了家庭教师。她去考家庭教师的那一段描写，非常有趣，只取一名，可是考了好几十名，她之能够当选算是难的了。指望对于学费有点补助，冬天来了，北平又冷，那家离学校又远，每月除了车子钱之外，若伤风感冒还得自己拿出买阿司匹林的钱来，每月薪金十元要从西城跑到东城……

饺子煮好，一上楼梯，就听到楼上明朗的鲁迅先生的笑声冲下楼梯来，原来有几个朋友在楼上也正谈得热闹。那一天吃得是很好的。

以后我们又做过韭菜盒子，又做过荷叶饼，我一提议，鲁迅先生必然赞成，而我做得又不好，可是鲁迅先生还是在桌上举着筷子问许先生："我再吃几个吗？"

因为鲁迅先生胃不大好，每饭后必吃"脾自美"药丸一二粒。

有一天下午鲁迅先生正在校对着瞿秋白的《海上述林》，我一走进卧室去，从那圆转椅上鲁迅先生转过来了，向着我，还微微站起了一点。

“好久不见，好久不见。”一边说着一边向我点头。

刚刚我不是来过了吗？怎么会好久不见？就是上午我来的那次周先生忘记了，可是我也每天来呀……怎么都忘记了吗？

周先生转身坐在躺椅上才自己笑起来，他是在开着玩笑。

梅雨季节，很少有晴天，一天的上午刚一放晴，我高兴极了，就到鲁迅先生家去了，跑得上楼还喘着。鲁迅先生说：“来啦！”我说：“来啦！”

我喘着连茶也喝不下。

鲁迅先生就问我：

“有什么事吗？”

我说：“天晴啦，太阳出来啦。”

许先生和鲁迅先生都笑着，一种对于冲破忧郁心境的崭然的会心的笑。

海婴一看到我非拉我到院子里和他一道玩不可，拉我的头发或拉我的衣裳。

为什么他不拉别人呢？据周先生说：“他看你梳着辫子，和他差不多，别人在他眼里都是大人，就看你小。”

许先生问着海婴：“你为什么喜欢她呢？不喜欢别人？”

“她有小辫子。”说着就来拉我的头发。

鲁迅先生家生客人很少，几乎没有，尤其是住在他家里的人更没有。一个礼拜六的晚上，在二楼上鲁迅先生的卧室里摆好了晚饭，围着桌子坐满了人。每逢礼拜六晚上都是这样的，周建人先生带着全家来拜访的。在桌子边坐着一个很瘦的很高的穿着中国小背心的人，鲁迅先生介绍说："这是一位同乡，是商人。"

初看似乎对的，穿着中国裤子，头发剃得很短。当吃饭时，他还让别人酒，也给我倒一盅，态度很活泼，不大像个商人；等吃完了饭，又谈到《伪自由书》及《二心集》。这个商人，开明得很，在中国不常见。没有见过的就总不大放心。

下一次是在楼下客厅后的方桌上吃晚饭，那天很晴，一阵阵地刮着热风，虽然黄昏了，客厅里还不昏黑。鲁迅先生是新剪的头发，还能记得桌上有一盘黄花鱼，大概是顺着鲁迅先生的口味，是用油煎的。鲁迅先生前面摆着一碗酒，酒碗是扁扁的，好像用做吃饭的饭碗。那位商人先生也能喝酒，酒瓶就站在他的旁边。他说蒙古人什么样，苗人什么样，从西藏经过时，那西藏女人见了男人追她，她就如何如何。

这商人可真怪，怎么专门走地方，而不做买卖？并且鲁迅先生的书他也全读过，一开口这个，一开口那个。并且海婴叫他 × 先生[①]，我一听那 × 字就明白他是谁了。× 先生常常回来得很迟，从鲁迅先生家里出来，在弄堂里遇到了几次。

有一天晚上 × 先生从三楼下来，手里提着小箱子，身上穿着长袍子，站在鲁迅先生的面前，他说他要搬了。他告了辞，许先生送他下楼去了。这时候周先生在地板上绕了两个圈子，问我说：

① 此处指冯雪峰。

“你看他到底是商人吗？”

“是的。”我说。

鲁迅先生很有意思地在地板上走几步，而后向我说：“他是贩卖私货的商人，是贩卖精神上的……”

×先生走过二万五千里回来的。

青年人写信，写得太草率，鲁迅先生是深恶痛绝之的。

“字不一定要写得好，但必须得使人一看了就认识，青年人现在都太忙了……他自己赶快胡乱写完了事，别人看了三遍五遍看不明白，这费了多少工夫，他不管。反正这费了工夫不是他的。这存心是不太好的。”

但他还是展读着每封由不同角落里投来的青年的信，眼睛不济时，便戴起眼镜来看，常常看到夜里很深的时光。

鲁迅先生坐在××电影院楼上的第一排，那片名忘记了，新闻片是苏联纪念“五一”节的红场。

“这个我怕看不到的……你们将来可以看得到。”鲁迅先生向我们周围的人说。

珂勒惠支的画，鲁迅先生最佩服，同时也很佩服她的做人。珂勒惠支受希特勒的压迫，不准她做教授，不准她画画，鲁迅先生常讲到她。

史沫特莱，鲁迅先生也讲到，她是美国女子，帮助印度独立运动，现在又在援助中国。

鲁迅先生介绍人去看的电影：《夏伯阳》《复仇艳遇》……其余

的如《人猿泰山》……或者《非洲的怪兽》这一类的影片，也常介绍给人的。鲁迅先生说："电影没有什么好的，看看鸟兽之类倒可以增加些对于动物的知识。"

鲁迅先生不游公园，住在上海十年，兆丰公园没有进过，虹口公园这么近也没有进过。春天一到了，我常告诉周先生，我说公园里的土松软了，公园里的风多么柔和。周先生答应选个晴好的天气，选个礼拜日，海婴休假日，好一道去，坐一乘小汽车一直开到兆丰公园，也算是短途旅行。但这只是想着而未有做到，并且把公园给下了定义。鲁迅先生说："公园的样子我知道的……一进门分做两条路，一条通左边，一条通右边，沿着路种着点柳树什么树的，树下摆着几张长椅子，再远一点有个水池子。"

我是去过兆丰公园的，也去过虹口公园或是法国公园的，仿佛这个定义适用于任何国度的公园设计者。

鲁迅先生不戴手套，不围围巾，冬天穿着黑土蓝的棉布袍子，头上戴着灰色毡帽，脚穿黑帆布胶皮底鞋。

胶皮底鞋夏天特别热，冬天又凉又湿，鲁迅先生的身体不算好，大家都提议把这鞋子换掉。鲁迅先生不肯，他说胶皮底鞋子走路方便。

"周先生一天走多少路呢？也不就一转弯到××书店[1]走一趟吗？"

---

① 此处指内山书店。

鲁迅先生笑而不答。

“周先生不是很好伤风吗？不围巾子，风一吹不就伤风了吗？”

鲁迅先生这些个都不习惯，他说：

“从小就没戴过手套围巾，戴不惯。”

鲁迅先生一推开门从家里出来时，两只手露在外边，很宽的袖口冲着风就向前走，腋下夹着个黑绸子印花的包袱，里边包着书或者是信，到老靶子路书店去了。

那包袱每天出去必带出去，回来必带回来。出去时带着给青年们的信，回来又从书店带来新的信和青年请鲁迅先生看的稿子。

鲁迅先生抱着印花包袱从外边回来，还得提着一把伞，一进门客厅早坐着客人，把伞挂在衣架上就陪客人谈起话来。谈了很久了，伞上的水滴顺着伞杆在地板上已经聚了一堆水。

鲁迅先生上楼去拿香烟，抱着印花包袱，而那把伞也没有忘记，顺手也带到楼上去。

鲁迅先生的记忆力非常之强，他的东西从不随便散置在任何地方。

鲁迅先生很喜欢北方口味。许先生想请一个北方厨子，鲁迅先生以为开销太大，请不得的，男佣人，至少要十五元钱的工钱。

所以买米买炭都是许先生下手。我问许先生为什么用两个女佣人都是年老的，都是六七十岁的。许先生说她们做惯了，海婴的保姆，海婴几个月时就在这里。

正说着那矮胖胖的保姆走下楼梯来了，和我们打了个迎面。

“先生，没吃茶吗？”她赶快拿了杯子去倒茶，那刚刚下楼时气喘的声音还在喉管里咕噜咕噜的，她确实年老了。

来了客人，许先生没有不下厨房的，菜食很丰富，鱼，肉……都是用大碗装着，起码四五碗，多则七八碗。可是平常就只三碗菜：一碗素炒豌豆苗，一碗笋炒咸菜，再一碗黄花鱼。

这菜简单到极点。

鲁迅先生的原稿，在拉都路一家炸油条的那里用着包油条，我得到了一张，是译《死魂灵》的原稿，写信告诉了鲁迅先生。鲁迅先生不以为稀奇，许先生倒很生气。

鲁迅先生出书的校样，都用来揩桌子，或做什么的。请客人在家里吃饭，吃到半道，鲁迅先生回身去拿来校样给大家分着。客人接到手里一看，这怎么可以？鲁迅先生说：

“擦一擦，拿着鸡吃，手是腻的。”

到洗澡间去，那边也摆着校样纸。

许先生从早晨忙到晚上，在楼下陪客人，一边还手里打着毛线。不然就是一边谈着话一边站起来用手摘掉花盆里花上已干枯了的叶子。许先生每送一个客人，都要送到楼下门口，替客人把门开开，客人走出去而后轻轻地关了门再上楼来。

来了客人还要到街上去买鱼或买鸡，买回来还要到厨房里去工作。

鲁迅先生临时要寄一封信，就得许先生换起皮鞋子来到邮局或者大陆新村旁边信筒那里去。落着雨天，许先生就打起伞来。

许先生是忙的，许先生的笑是愉快的，但是头发有一些是白了的。

夜里去看电影，施高塔路的汽车房只有一辆车，鲁迅先生一定不坐，一定让我们坐。许先生，周建人夫人……海婴，周建人先生的三位女公子。我们上车了。

鲁迅先生和周建人先生，还有别的一二位朋友在后边。

看完了电影出来，又只叫到一部汽车，鲁迅先生又一定不肯坐，让周建人先生的全家坐着先走了。

鲁迅先生旁边走着海婴，过了苏州河的大桥去等电车去了。等了二三十分钟电车还没有来，鲁迅先生依着沿苏州河的铁栏杆坐在桥边的石围上了，并且拿出香烟来，装上烟嘴，悠然地吸着烟。

海婴不安地来回地乱跑，鲁迅先生还招呼他和自己并排坐下。

鲁迅先生坐在那儿和一个乡下的安静老人一样。

鲁迅先生吃的是清茶，其余不吃别的饮料。咖啡、可可、牛奶、汽水之类，家里都不预备。

鲁迅先生陪客人到深夜，必同客人一道吃些点心。那饼干就是从铺子里买来的，装在饼干盒子里，到夜深许先生拿着碟子取出来，摆在鲁迅先生的书桌上。吃完了，许先生打开立柜再取一碟。还有向日葵子差不多每来客人必不可少。鲁迅先生一边抽着烟，一边剥着瓜子吃，吃完了一碟鲁迅先生必请许先生再拿一碟来。

鲁迅先生备有两种纸烟，一种价钱贵的，一种便宜的。便宜的是绿听子的，我不认识那是什么牌子，只记得烟头上带着黄纸的嘴，每五十支的价钱大概是四角到五角，是鲁迅先生自己平日用的。另一种是白听子的，是前门烟，用来招待客人的，白听烟放在鲁迅先生书桌的抽屉里。来客人鲁迅先生下楼，把它带到楼下去，客人走了，又带回楼上来照样放在抽屉里。而绿听子的永远放在书桌上，是鲁迅先生随时吸着的。

鲁迅先生的休息，不听留声机，不出去散步，也不倒在床上睡觉，鲁迅先生自己说：

“坐在椅子上翻一翻书就是休息了。”

鲁迅先生从下午二三点钟起就陪客人，陪到五点钟，陪到六点钟，客人若在家吃饭，吃完饭又必要在一起喝茶，或者刚刚吃完茶走了，或者还没走又来了客人，于是又陪下去，陪到八点钟，十点钟，常常陪到十二点钟。从下午三点钟起，陪到夜里十二点，这么长的时间，鲁迅先生都是坐在藤躺椅上，不断地吸着烟。

客人一走，已经是下半夜了，本来已经是睡觉的时候了，可是鲁迅先生正要开始工作。

在工作之前，他稍微阖一阖眼睛，燃起一支烟来，躺在床边上，这一支烟还没有吸完，许先生差不多就在床里边睡着了。（许先生为什么睡得这样快？因为第二天早晨六七点钟就要来管理家务。）海婴这时在三楼和保姆一道睡着了。

全楼都寂静下去，窗外也一点声音没有了，鲁迅先生站起来，坐到书桌边，在那绿色的台灯下开始写文章了。

许先生说鸡鸣的时候，鲁迅先生还是坐着，街上的汽车嘟嘟地叫起来了，鲁迅先生还是坐着。

有时许先生醒了，看着玻璃窗白沙沙的了，灯光也不显得怎么亮了，鲁迅先生的背影不像夜里那样高大。

鲁迅先生的背影是灰黑色的，仍旧坐在那里。

人家都起来了，鲁迅先生才睡下。

海婴从三楼下来了，背着书包，保姆送他到学校去，经过鲁迅先生的门前，保姆总是吩咐他说：

“轻一点走，轻一点走。”

鲁迅先生刚一睡下，太阳就高起来了，太阳照着隔院子的人家，明亮亮的，照着鲁迅先生花园的夹竹桃，明亮亮的。

鲁迅先生的书桌整整齐齐的，写好的文章压在书下边，毛笔在烧瓷的小龟背上站着。

一双拖鞋停在床下，鲁迅先生在枕头上边睡着了。

鲁迅先生喜欢吃一点酒，但是不多吃，吃半小碗或一碗。鲁迅先生吃的是中国酒，多半是花雕。

老靶子路有一家小吃茶店，只有门面一间，在门面里边设座，座少，安静，光线不充足，有些冷落。鲁迅先生常到这里吃茶店来，有约会多半是在这里边，老板是犹太人也许是白俄，胖胖的，中国话大概他听不懂。

鲁迅先生这一位老人，穿着布袍子，有时到这里来，泡一壶红茶，和青年人坐在一道谈了一两个钟头。

有一天鲁迅先生的背后那茶座里边坐着一位摩登女子，身穿紫裙子、黄衣裳、头戴花帽子……那女子临走时，鲁迅先生一看她，用眼瞪着她，很生气地看了她半天。而后说：

“是做什么的呢？”

鲁迅先生对于穿着紫裙子、黄衣裳、花帽子的人就是这样看法的。

鬼到底是有的没有的？传说上有人见过，还跟鬼说过话，还有人被鬼在后边追赶过，吊死鬼一见了人就贴在墙上。但没有一个人捉住一个鬼给大家看看。

鲁迅先生讲了他看见过鬼的故事给大家听：

“是在绍兴……”鲁迅先生说，“三十年前……”

那时鲁迅先生从日本读书回来，在一个师范学堂里也不知是什么学堂里教书，晚上没有事时，鲁迅先生总是到朋友家去谈天。这朋友住的离学堂几里路，几里路不算远，但必得经过一片坟地。谈天有的时候就谈得晚了，十一二点钟才回学堂的事也常有，有一天鲁迅先生就回去得很晚，天空有很大的月亮。

鲁迅先生向着归路走得很起劲时，往远处一看，远远有一个白影。

鲁迅先生不相信鬼的，在日本留学时是学的医，常常把死人抬来解剖的，鲁迅先生解剖过二十几个，不但不怕鬼，对死人也不怕，所以对坟地也就根本不怕。仍旧是向前走的。

走了不几步，那远处的白影没有了，再看突然又有了。并且时小时大，时高时低，正和鬼一样。鬼不就是变幻无常的吗？

鲁迅先生有点踌躇了，到底向前走呢？还是回过头来走？本来回学堂不止这一条路，这不过是最近的一条就是了。

鲁迅先生仍是向前走，到底要看一看鬼是什么样，虽然那时候也怕了。

鲁迅先生那时从日本回来不久，所以还穿着硬底皮鞋。鲁迅先生决心要给那鬼一个致命的打击，等走到那白影旁边时，那白影缩小了，蹲下了，一声不响地靠住了一个坟堆。

鲁迅先生就用了他的硬皮鞋踢了出去。

那白影噢的一声叫起来，随着就站起来，鲁迅先生定眼看去，他却是个人。

鲁迅先生说在他踢的时候，他是很害怕的，好像若一下不把那东西踢死，自己反而会遭殃的，所以用了全力踢出去。

原来是个盗墓子的人在坟场上半夜做着工作。

鲁迅先生说到这里就笑了起来。

“鬼也是怕踢的，踢他一脚就立刻变成人了。”

我想，倘若是鬼常常让鲁迅先生踢踢倒是好的，因为给了他一个做人的机会。

从福建菜馆叫的菜，有一碗鱼做的丸子。

海婴一吃就说不新鲜，许先生不信，别的人也都不信。因为那丸子有的新鲜，有的不新鲜，别人吃到嘴里的恰好都是没有改味的。

许先生又给海婴一个，海婴一吃，又不是好的，他又嚷嚷着。

别人都不注意，鲁迅先生把海婴碟里的拿来尝尝，果然不是新鲜的。鲁迅先生说：

“他说不新鲜，一定也有他的道理，不加以查看就抹杀是不对的。”

以后我想起这件事来，私下和许先生谈过，许先生说：“周先生的做人，真是我们学不了的。哪怕一点点小事。”

鲁迅先生包一个纸包也要包得整整齐齐，常常把要寄出的书，鲁迅先生从许先生手里拿过来自己包，许先生本来包得多么好，而鲁迅先生还要亲自动手。

鲁迅先生把书包好了，用细绳捆上，那包方方正正的，连一个角也不准歪一点或扁一点，而后拿着剪刀，把捆书的那绳头都剪得整整齐齐。

就是包这书的纸都不是新的，都是从街上买东西回来留下来的。许先生上街回来把买来的东西一打开随手就把包东西的牛皮纸折起来，随手把小细绳卷了一个卷。若小细绳上有一个疙瘩，也要随手把它解开的。准备着随时用随时方便。

鲁迅先生住的是大陆新村九号。

一进弄堂口，满地铺着大方块的水门汀，院子里不怎样嘈杂，从这院子出入的有时候是外国人，也能够看到外国小孩在院子里零星地玩着。

鲁迅先生隔壁挂着一块大的牌子，上面写着一个“茶”字。

在一九三五年十月一日。

鲁迅先生的客厅里摆着长桌，长桌是黑色的，油漆不十分新鲜，但也并不破旧，桌上没有铺什么桌布，只在长桌的当心摆着一个绿豆青色的花瓶，花瓶里长着几株大叶子的万年青。围着长桌有七八张木椅子。尤其是在夜里，全弄堂一点什么声音也听不到。

那夜，就和鲁迅先生和许先生一道坐在长桌旁边喝茶的。当夜谈了许多关于伪满洲国的事情，从饭后谈起，一直谈到九点钟十点钟而后到十一点钟。时时想退出来，让鲁迅先生好早点休息，因为我看出来鲁迅先生身体不大好，又加上听许先生说过，鲁迅先生伤风了一个多月，刚好了的。

但鲁迅先生并没有疲倦的样子。虽然客厅里也摆着一张可以卧倒的藤椅，我们劝他几次想让他坐在藤椅上休息一下，但是他没有去，仍旧坐在椅子上。并且还上楼一次，去加穿了一件皮袍子。

那夜鲁迅先生到底讲了些什么，现在记不起来了。也许想起来的不是那夜讲的而是以后讲的也说不定。过了十一点，天就落雨了，雨点淅沥淅沥地打在玻璃窗上，窗子没有窗帘，所以偶一回头，就看到玻璃窗上有小水流往下流。夜已深了，并且落了雨，心里十分着急，几次站起来想要走，但是鲁迅先生和许先生一再说再坐一下："十二点以前终归有车子可搭的。"所以一直坐到将近十二点，才穿起雨衣来，打开客厅外边的响着的铁门，鲁迅先生非要送到铁门外不可。我想为什么他一定要送呢？对于这样年轻的客人，这样地送是应该的吗？雨不会打湿了头发，受了寒伤风不又要继续下去吗？站在铁门外边，鲁迅先生说，并且指着隔壁那家写着"茶"字的大牌子："下次来记住这个'茶'字，就是这个'茶'的隔壁。"而且伸出手去，几乎是触到了钉在铁门旁边的那个九号的"九"字，"下次来记住茶的旁边九号。"

于是脚踏着方块的水门汀，走出弄堂来，回过身去往院子里边看了一看，鲁迅先生那一排房子统统是黑洞洞的，若不是告诉的那样清楚，下次来恐怕要记不住的。

鲁迅先生的卧室，一张铁架大床，床顶上遮着许先生亲手做的白布刺花的围子，顺着床的一边折着两床被子，都是很厚的，是花洋布的被面。挨着门口的床头的方面站着抽屉柜。一进门的左手摆着八仙桌，桌子的两旁藤椅各一，立柜站在和方桌一排的墙角，立柜本是挂衣服的，衣裳却很少，都让糖盒子、饼干桶子、瓜子罐给塞满了。有一次××老板的太太来拿版权的图章花，鲁迅先生就从立柜下边大抽屉里取出的。沿着墙角往窗子那边走，有一张装饰台，桌子上有一个方形的满浮着绿草的玻璃养鱼池，里边游着的不是金鱼而是灰色的扁肚子的小鱼。除了鱼池之外另有一只圆的表，其余那上边满装着书。铁床架靠窗子的那头的书柜里书柜外都是书。最后是鲁迅先生的写字台，那上边也都是书。

鲁迅先生家里，从楼上到楼下，没有一个沙发。鲁迅先生工作时坐的椅子是硬的，到楼下陪客人时坐的椅子又是硬的。

鲁迅先生的写字台面向着窗子，上海弄堂房子的窗子差不多满一面墙那么大，鲁迅先生把它关起来，因为鲁迅先生工作起来有一个习惯，怕吹风，风一吹，纸就动，时时防备着纸跑，文章就写不好。所以屋子里热得和蒸笼似的，请鲁迅先生到楼下去，他又不肯，鲁迅先生的习惯是不换地方。有时太阳照进来，许先生劝他把书桌移开一点都不肯。只有满身流汗。

鲁迅先生的写字桌，铺了张蓝格子的油漆布，四角都用图钉按着。桌子上有小砚台一方，墨一块，毛笔站在笔架上。笔架是烧瓷的，在我看来不很细致，是一个龟，龟背上带着好几个洞，笔就插在那洞里。鲁迅先生多半是用毛笔的，钢笔也不是没有，是放在抽屉里。桌上有一个方大的白瓷的烟灰盒，还有一个茶杯，杯子上戴着盖。

鲁迅先生的习惯与别人不同，写文章用的材料和来信都压在桌子上，把桌子都压得满满的，几乎只有写字的地方可以伸开手，其余桌子的一半被书或纸张占有着。

左手边的桌角上有一个带绿灯罩的台灯，那灯泡是横着装的，在上海那是极普通的台灯。

冬天在楼上吃饭，鲁迅先生自己拉着电线把台灯的机关从棚顶的灯头上拔下，而后装上灯泡子。等饭吃过，许先生再把电线装起来，鲁迅先生的台灯就是这样做成的，拖着一根长长的电线在棚顶上。

鲁迅先生的文章，多半是在这台灯下写。因为鲁迅先生的工作时间，多半是下半夜一两点起，天将明了休息。

卧室就是如此，墙上挂着海婴公子一个月婴孩的油画像。

挨着卧室的后楼里边，完全是书了，不十分整齐，报纸和杂志或洋装的书，都混在这间屋子里，一走进去多少还有些纸张气味。

地板被书遮盖得太小了，几乎没有了，大网篮也堆在书中。墙上拉着一条绳子或者是铁丝，就在那上边系了小提盒、铁丝笼之类。风干荸荠就盛在铁丝笼，扯着的那铁丝几乎被压断了在弯弯着。一推开藏书室的窗子，窗子外边还挂着一筐风干荸荠。

“吃吧，多得很，风干的，格外甜。”许先生说。

楼下厨房传来了煎菜的锅铲的响声，并且两个年老的娘姨慢重重地在讲一些什么。

厨房是家庭最热闹的一部分。整个三层楼都是静静的，喊娘姨的声音没有，在楼梯上跑来跑去的声音没有。鲁迅先生家里五六间房子只住着五个人，三位是先生的全家，余下的二位是年老的女佣人。

来了客人都是许先生亲自倒茶，即或是麻烦到娘姨时，也是许先生下楼去吩咐，绝没有站到楼梯口就大声呼唤的时候。所以整个房子都在静悄悄之中。

只有厨房比较热闹了一点，自来水哗哗地流着，洋瓷盆在水门汀的水池子上每拖一下磨着嚓嚓地响，洗米的声音也是嚓嚓的。鲁迅先生很喜欢吃竹笋的，在菜板上切着笋片笋丝时，刀刃每划下去都是很响的。其他比起别人家的厨房来却冷清极了，所以洗米声和切笋声都分开来听得样样清清晰晰。

客厅的一边摆着并排的两个书架，书架是带玻璃橱的，里边有朵斯托益夫斯基的全集和别的外国作家的全集，大半都是日文译本。地板上没有地毯，但擦得非常干净。

海婴公子的玩具橱也站在客厅里，里边是些毛猴子、橡皮人、火车汽车之类，里边装得满满的，别人是数不清的，只有海婴自己伸手到里边找些什么就有什么。过新年时在街上买的兔子灯，纸毛上已经落了灰尘了，仍摆在玩具橱顶上。

客厅只有一个灯头，大概五十烛光。客厅的后门对着上楼的楼梯，前门一打开有一个一方丈大小的花园，花园里没有什么花看，只有一株很高的七八尺高的小树，大概那树是柳桃，一到了春天，容易生长蚜虫，忙得许先生拿着喷蚊虫的机器，一边陪着谈话，一边喷着杀虫药水。沿着墙根，种了一排玉米，许先生说："这玉米长不大的，这土是没有养料的，海婴一定要种。"

春天，海婴在花园里掘着泥沙，培植着各种玩意。

三楼则特别静了，向着太阳开着两扇玻璃门，门外有一个水门汀的突出的小廊子，春天很温暖地抚摸着门口长垂着的帘子，有时帘子被风打得很高，飘扬的饱满的和大鱼泡似的。那时候隔院的绿树照进玻璃门扇里边来了。

海婴坐在地板上装着小工程师在修着一座楼房，他那楼房是用椅子横倒了架起来修的，而后遮起一张被单来算作屋瓦，全个房子在他自己拍着手的赞誉声中完成了。

这间屋感到些空旷和寂寞，既不像女工住的屋子，又不像儿童室。海婴的眠床靠着屋子的一边放着，那大圆顶帐子日里也不打起来，长拖拖的好像从棚顶一直拖到地板上，那床是非常讲究的，属于刻花的木器一类的。许先生讲过，租这房子时，从前一个房客转留下来的。海婴和他的保姆，就睡在五六尺宽的大床上。

冬天烧过的火炉，三月里还冷冰冰地在地板上站着。

海婴不大在三楼上玩的，除了到学校去，就是在院里踏脚踏车，他非常欢喜跑跳，所以厨房、客厅、二楼，他是无处不跑的。

三楼整天在高处空着，三楼的后楼住着另一个老女工，一天很少上楼来，所以楼梯擦过后，一天到晚干净得溜明。

一九三六年三月里鲁迅先生病了，靠在二楼的躺椅上，心脏跳动得比平日厉害，脸色略微灰了一点。

许先生正相反的，脸色是红的，眼睛显得大了，讲话的声音是平静的，态度并没有比平日慌张。在楼下一走进客厅来许先生就告诉说：

“周先生病了，气喘……喘得厉害，在楼上靠在躺椅上。”

鲁迅先生呼喘的声音，不用走到他的旁边，一进了卧室就听得到的。鼻子和胡须在扇着，胸部一起一落。眼睛闭着，差不多永久不离开手的纸烟，也放弃了。藤椅后边靠着枕头，鲁迅先生的头有些向后，两只手空闲地垂着。眉头仍和平日一样没有聚皱，脸上是平静的，舒展的，似乎并没有任何痛苦加在身上。

“来了吧？”鲁迅先生睁一睁眼睛，“不小心，着了凉呼吸困难……到藏书的房子去翻一翻书……那房子因为没有人住。特别凉……回来就……”

许先生看周先生说话吃力，赶紧接着说周先生是怎样气喘的。

医生看过了，吃了药，但喘并未停。下午医生又来过，刚刚走。

卧室在黄昏里边一点一点地暗下去，外边起了一点小风，隔院的树被风摇着发响。别人家的窗子有的被风打着发出自动关开的响声，家家的流水道都是哗啦哗啦地响着水声，一定是晚餐之后洗着杯盘的剩水。晚餐后该散步的散步去了，该会朋友的会朋友去了，弄堂里来去的稀疏不断地走着人，而娘姨们还没有解掉围裙呢，就依着后门彼此搭讪起来。小孩子们三五一伙前门后门地跑着，弄堂外汽车穿来穿去。

鲁迅先生坐在躺椅上，沉静地，不动地阖着眼睛，略微灰了的脸色被炉里的火染红了一点。纸烟听子蹲在书桌上，盖着盖子，茶杯也蹲在桌子上。

许先生轻轻地在楼梯上走着，许先生一到楼下去，二楼就只剩了鲁迅先生一个人坐在椅子上，呼喘把鲁迅先生的胸部有规律性地抬得高高的。

“鲁迅先生必得休息的。”须藤医生这样说的。可是鲁迅先生从此不但没有休息，并且脑子里所想的更多了，要做的事情都像非立刻就做不可，校《海上述林》的校样，印珂勒惠支的画，翻译《死魂灵》下部，刚好了，这些就都一起开始了，还计算着出三十年集（即鲁迅全集）。

鲁迅先生感到自己的身体不好，就更没有时间注意身体，所以要多做，赶快做。当时大家不解其中的意思，都以为鲁迅先生对于休息不以为然，后来读了鲁迅先生《死》的那篇文章才了然了。

鲁迅先生知道自己的健康不成了，工作的时间没有几年了，死了是不要紧的，只要留给人类更多，鲁迅先生就是这样。

不久书桌上德文字典和日文字典都摆起来了，果戈理的《死魂灵》，又开始翻译了。

鲁迅先生的身体不大好，容易伤风，伤风之后，照常要陪客人，回信，校稿子。所以伤风之后总要拖下去一个月或半个月的。

瞿秋白的《海上述林》校样，一九三五年冬，一九三六年的春天，鲁迅先生不断地校着，几十万字的校样，要看三遍，而印刷所送校样来总是十页八页的，并不是统统一道地送来，所以鲁迅先生不断地被这校样催索着，鲁迅先生竟说：

“看吧，一边陪着你们谈话，一边看校样，眼睛可以看，耳朵可以听……”

有时客人来了，一边说着笑话，鲁迅先生一边放下了笔。有的时候也说：“剩几个字了……请坐一坐……”

一九三五年冬天许先生说：

“周先生的身体是不如从前了。”

有一次鲁迅先生到饭馆里去请客，来的时候兴致很好。还记得那次吃了一只烤鸭子，整个的鸭子用大钢叉子叉上来时，大家看这鸭子烤得又油又亮的，鲁迅先生也笑了。

菜刚上满了，鲁迅先生就到躺椅上吸一支烟，并且阖一阖眼睛。一吃完了饭，有的喝多了酒的，大家都乱闹了起来，彼此抢着苹果，彼此讽刺着玩，说着一些让人可笑的话。而鲁迅先生这时候，坐在躺椅上，阖着眼睛，很庄严地在沉默着，让拿在手上纸烟的烟丝，袅袅地上升着。

别人以为鲁迅先生也是喝多了酒吧！

许先生说，并不的。

“周先生的身体是不如从前了，吃过了饭总要闭一闭眼睛稍微休息一下，从前一向没有这习惯。”

周先生从椅子上站起来了，大概说他喝多了酒的话让他听到了。

“我不多喝酒的。小的时候，母亲常提到父亲喝了酒，脾气怎样坏，母亲说，长大了不要喝酒，不要像父亲那样子……所以我不多喝的……从来没喝醉过……”

鲁迅先生休息好了，换了一支烟，站起来也去拿苹果吃，可是苹果没有了。鲁迅先生说：

“我争不过你们了，苹果让你们抢没了。”

有人抢到手的还在保存着的苹果，奉献出来，鲁迅先生没有吃，只在吸烟。

一九三六年春，鲁迅先生的身体不大好，但没有什么病，吃过了夜饭，坐在躺椅上，总要闭一闭眼睛沉静一会。

许先生对我说，周先生在北平时，有时开着玩笑，手按着桌子一跃就能够跃过去，而近年来没有这么做过。大概没有以前那么灵便了。

这话许先生和我是私下讲的：鲁迅先生没有听见，仍靠在躺椅上沉默着呢。

许先生开了火炉门，装着煤炭哗哗地响，把鲁迅先生震醒了。一讲起话来鲁迅先生的精神又照常一样。

鲁迅先生睡在二楼的床上已经一个多月了，气喘虽然停止。但每天发热，尤其是在下午热度总在三十八度三十九度之间，有时也到三十九度多，那时鲁迅先生的脸是微红的，目力是疲弱的，不吃东西，不大多睡，没有一些呻吟，似乎全身都没有什么痛楚的地方。躺在床上的时候张开眼睛看着，有的时候似睡非睡的安静地躺着，茶吃得很少。差不多一刻也不停地吸烟，而今几乎完全放弃了，纸烟听子不放在床边，而仍很远地蹲在书桌上，若想吸一支，是请许先生付给的。

许先生从鲁迅先生病起，更过度地忙了。按着时间给鲁迅先生吃药，按着时间给鲁迅先生试温度表，试过了之后还要把一张医生发给的表格填好，那表格是一张硬纸，上面画了无数根线，许先生就在这张纸上拿着米度尺画着度数，那表面画得和尖尖的小山丘似的，又像尖尖的水晶石，高的低的一排连一排地站着。许先生虽每天画，但那像是一条接连不断的线，不过从低处到高处，从高处到低处，这高峰越高越不好，也就是鲁迅先生的热度越高了。

来看鲁迅先生的人，多半都不到楼上来了，为的请鲁迅先生好好地静养，所以把陪客人这些事也推到许先生身上来了。还有书、报、信，都要许先生看过，必要的就告诉鲁迅先生，不十分必要的，就先把它放在一处放一放，等鲁迅先生好些了再取出来交给他。然而这家庭里边还有许多琐事，比方年老的娘姨病了，要请两天假；海婴的牙齿脱掉一个要到牙医那里去看过，但是带他去的人没有，又得许先生。海婴在幼稚园里读书，又是买铅笔，买皮球，还有临时出些个花头，跑上楼来了，说要吃什么花生糖，什么牛奶糖，他上楼来是一边跑着一边喊着，许先生连忙拉住了他，拉他下了楼才跟他讲：

“爸爸病啦。”而后拿出钱来，嘱咐好了娘姨，只买几块糖而不准让他格外的多买。

收电灯费的来了，在楼下一打门，许先生就得赶快往楼下跑，怕的是再多打几下，就要惊醒了鲁迅先生。

海婴最喜欢听讲故事，这也是无限的麻烦，许先生除了陪海婴讲故事之外，还要在长桌上偷一点工夫来看鲁迅先生为有病耽搁下来尚未校完的校样。

在这期间，许先生比鲁迅先生更要担当一切了。

鲁迅先生吃饭，是在楼上单开一桌，那仅仅是一个方木桌，许先生每餐亲手端到楼上去，每样都用小吃碟盛着，那小吃碟直径不过二寸，一碟豌豆苗或菠菜或苋菜，把黄花鱼或者鸡之类也放在小碟里端上楼去。若是鸡，那鸡也是全鸡身上最好的一块地方拣下来的肉；若是鱼，也是鱼身上最好一部分，许先生才把它拣下放在小碟里。

许先生用筷子来回地翻着楼下的饭桌上菜碗里的东西，菜拣嫩的，不要茎，只要叶，鱼肉之类，拣烧得软的，没有骨头没有刺的。

心里存着无限的期望，无限的要求，用了比祈祷更虔诚的目光，许先生看着她自己手里选得精精致致的菜盘子，而后脚板触了楼梯上楼。

希望鲁迅先生多吃一口，多动一动筷，多喝一口鸡汤。鸡汤和牛奶是医生所嘱的，一定要多吃一些的。

把饭送上去，有时许先生陪在旁边，有时走下楼来又做些别的事，半个钟头之后，到楼上去取这盘子。这盘子装得满满的，有时竟照原样一动也没有动又端下来了，这时候许先生的眉头微微地皱了一点。旁边若有什么朋友，许先生就说："周先生的热度高，什么也吃不落，连茶也不愿意吃，人很苦，人很吃力。"

有一天许先生用波浪式的专门切面包的刀切着面包，是在客厅后边方桌上切的，许先生一边切着一边对我说：

"劝周先生多吃东西，周先生说，人好了再保养，现在勉强吃也是没有用的。"

许先生接着似乎问着我：

"这也是对的？"

而后把牛奶面包送上楼去了。一碗烧好的鸡汤，从方盘里许先生把它端出来了，就摆在客厅后的方桌上。许先生上楼去了，那碗热的鸡汤在方桌上自己悠然地冒着热气。

许先生由楼上回来还说呢：

"周先生平常就不喜欢吃汤之类，在病里，更勉强不下了。"

许先生似乎安慰着自己似的。

"周先生人强，喜欢吃硬的，油炸的，就是吃饭也喜欢吃硬饭……"

许先生楼上楼下地跑，呼吸有些不平静，坐在她旁边，似乎可以听到她心脏的跳动。

鲁迅先生开始独桌吃饭以后，客人多半不上楼来了，经许先生婉言把鲁迅先生健康的经过报告了之后就走了。

鲁迅先生在楼上一天一天地睡下去，睡了许多日子，都寂寞了，有时大概热度低了点就问许先生：

“什么人来过吗？”

看鲁迅先生好些，就一一地报告过。

有时也问到有什么刊物来吗。

鲁迅先生病了一个多月了。

证明了鲁迅先生是肺病，并且是肋膜炎，须藤老医生每天来了，为鲁迅先生把肋膜积水用打针的方法抽净，共抽过两三次。

这样的病，为什么鲁迅先生一点也不晓得呢？许先生说，周先生有时觉得肋痛了就自己忍着不说，所以连许先生也不知道，鲁迅先生怕别人晓得了又要不放心，又要看医生，医生一定又要说休息。鲁迅先生自己知道做不到的。

福民医院美国医生的检查，说鲁迅先生肺病已经二十年了。这次发了怕是很严重。

医生规定个日子，请鲁迅先生到福民医院去详细检查，要照X光的。

但鲁迅先生当时就下楼是下不得的，又过了许多天，鲁迅先生到福民医院去检查病去了。照X光后给鲁迅先生照了一个全部的肺部的照片。

这照片取来的那天许先生在楼下给大家看了，右肺的上尖是黑的，中部也黑了一块，左肺的下半部都不大好，而沿着左肺的边边黑了一大圈。

这之后，鲁迅先生的热度仍高，若再这样热度不退，就很难抵抗了。

那查病的美国医生，只查病，而不给药吃，他相信药是没有用的。

须藤老医生，鲁迅先生早就认识，所以每天来，他给鲁迅先生吃了些退热药，还吃停止肺病菌活动的药。他说若肺不再坏下去，就停止在这里，热自然就退了。人是不危险的。

在楼下的客厅里，许先生哭了。许先生手里拿着一团毛线，那是海婴的毛线衣拆了洗过之后又团起来的。

鲁迅先生在无欲望状态中，什么也不吃，什么也不想，睡觉似睡非睡的。

天气热起来了，客厅的门窗都打开着，阳光跳跃在门外的花园里。麻雀来了停在夹竹桃上叫了三两声就飞去，院子里的小孩们唧唧喳喳地玩耍着，风吹进来好像带着热气，扑到人的身上，天气刚刚发芽的春天，变为夏天了。

楼上老医生和鲁迅先生谈话的声音隐约可以听到。

楼下又来客人，来的人总要问：

“周先生好一点吗？”

许先生照常说：“还是那样子。”

但今天说了眼泪又流了满脸。一边拿起杯子来给客人倒茶，一边用左手拿着手帕按着鼻子。

客人问：

“周先生又不大好吗？”

许先生说：

“没有的，是我心窄。”

过了一会鲁迅先生要找什么东西，喊许先生上楼去，许先生连忙擦着眼睛，想说她不上楼的，但左右看了一看，没有人能代替了她，于是带着她那团还没有缠完的毛线球上楼去了。

楼上坐着老医生，还有两位探望鲁迅先生的客人。许先生一看了他们就自己低了头不好意思地笑了，她不敢到鲁迅先生的面前去，背转着身问鲁迅先生要什么呢，而后又是慌忙地把毛线缕挂在手上缠了起来。

一直到送老医生下楼，许先生都是把背向着鲁迅先生而站着的。

每次老医生走，许先生都是替老医生提着皮提包送到前门外的。许先生愉快地、沉静地带着笑容打开铁门闩，很恭敬地把皮包交给老医生，眼看着老医生走了才进来关了门。

这老医生出入在鲁迅先生的家里，连老娘姨对他都是尊敬的，医生从楼上下来时，娘姨若在楼梯的半道，赶快下来躲开，站到楼梯的旁边。有一天老娘姨端着一个杯子上楼，楼上医生和许先生一道下来了，那老娘姨躲闪不灵，急得把杯里的茶都颠出来了。等医生走过去，已经走出了前门，老娘姨还在那里呆呆地望着。

“周先生好了点吧？”

有一天许先生不在家，我问着老娘姨。她说：

“谁晓得，医生天天看过了不声不响地就走了。”

可见老娘姨对医生每天是怀着期望的眼光看着他的。

许先生很镇静，没有紊乱的神色，虽然说那天当着人哭过一次，但该做什么，仍是做什么，毛线该洗的已经洗了，晒的已经晒起，晒干了的随手就把它团起团子。

“海婴的毛线衣，每年拆一次，洗过之后再重打起，人一年一年地长，衣裳一年穿过，一年就小了。”

在楼下陪着熟的客人，一边谈着，一边开始手里动着竹针。

这种事情许先生是偷空就做的，夏天就开始预备着冬天的，冬天就做夏天的。

许先生自己常常说：

“我是无事忙。”

这话很客气，但忙是真的，每一餐饭，都好像没有安静地吃过。海婴一会要这个，要那个；若一有客人，上街临时买菜，下厨房煎炒还不说，就是摆到桌子上来，还要从菜碗里为着客人选好的夹过去。饭后又是吃水果，若吃苹果还要把皮削掉，若吃荸荠看客人削得慢而不好也要削了送给客人吃，那时鲁迅先生还没有生病。

许先生除了打毛线衣之外，还用机器缝衣裳，剪裁了许多件海婴的内衫裤在窗下缝。

因此许先生对自己忽略了，每天上下楼跑着，所穿的衣裳都是旧的，次数洗得太多，纽扣都洗脱了，也磨破了，都是几年前的旧衣裳，春天时许先生穿了一个紫红宁绸袍子，那料子是海婴在婴孩时候别人送给海婴做被子的礼物。做被子，许先生说很可惜，就拣起来做一件袍子。正说着，海婴来了，许先生使眼神，且不要提到，若提到海婴又要麻烦起来了，一要说是他的，他就要要。

许先生冬天穿一双大棉鞋，是她自己做的。一直到二三月早晚冷时还穿着。

有一次我和许先生在小花园里拍一张照片，许先生说她的纽扣掉了，还拉着我站在她前边遮着她。

许先生买东西也总是到便宜的店铺去买，再不然，到减价的地方去买。

处处俭省，把俭省下来的钱，都印了书和印了画。

现在许先生在窗下缝着衣裳，机器声格哒格哒的，震着玻璃门有些颤抖。

窗外的黄昏，窗内许先生低着的头，楼上鲁迅先生的咳嗽声，都搅混在一起了，重续着、埋藏着力量。在痛苦中，在悲哀中，一种对于生的强烈的愿望站得和强烈的火焰那样坚定。

许先生的手指把捉了在缝的那张布片，头有时随着机器的力量低沉了一两下。

许先生的面容是宁静的、庄严的、没有恐惧的，她坦荡地在使用着机器。

海婴在玩着一大堆黄色的小药瓶，用一个纸盒子盛着，端起来楼上楼下地跑。向着阳光照是金色的，平放着是咖啡色的，他召集了小朋友来，他向他们展览，向他们夸耀，这种玩意只有他有而别人不能有。他说：

“这是爸爸打药针的药瓶，你们有吗？”

别人不能有，于是他拍着手骄傲地呼叫起来。

许先生一边招呼着他，不叫他喊，一边下楼来了。

“周先生好了些？”

见了许先生大家都是这样问的。

“还是那样子，”许先生说，随手抓起一个海婴的药瓶来，“这不是么，这许多瓶子，每天打针，药瓶也积了一大堆。”

许先生一拿起那药瓶，海婴上来就要过去，很宝贵地赶快把那小瓶摆到纸盒里。

在长桌上摆着许先生自己亲手做的蒙着茶壶的棉罩子，从那蓝缎子的花罩下拿着茶壶倒着茶。

楼上楼下都是静的了，只有海婴快活地和小朋友们的吵嚷躲在太阳里跳荡。

海婴每晚临睡时必向爸爸妈妈说：“明朝会！”

有一天他站在上三楼去的楼梯口上喊着：

“爸爸，明朝会！”

鲁迅先生那时正病得沉重，喉咙里边似乎有痰，那回答的声音很小，海婴没有听到，于是他又喊：

“爸爸，明朝会！”他等一等，听不到回答的声音，他就大声地连串地喊起来：

“爸爸，明朝会，爸爸，明朝会……爸爸，明朝会……”

他的保姆在前边往楼上拖他，说是爸爸睡下了，不要喊了。可是他怎么能够听呢，仍旧喊。

这时鲁迅先生说“明朝会”，还没有说出来喉咙里边就像有东西在那里堵塞着，声音无论如何放不大。到后来，鲁迅先生挣扎着把头抬起来才很大声地说出：

“明朝会，明朝会。”

说完了就咳嗽起来。

许先生被惊动得从楼下跑来了，不住地训斥着海婴。

海婴一边哭着一边上楼去了，嘴里唠叨着：

“爸爸是个聋人哪！”

鲁迅先生没有听到海婴的话，还在那里咳嗽着。

鲁迅先生在四月里，曾经好了一点，有一天下楼去赴一个约会，把衣裳穿得整整齐齐，手下夹着黑花布包袱，戴起帽子来，出门就走。

许先生在楼下正陪客人，看鲁迅先生下来了，赶快说：

“走不得吧，还是坐车子去吧。”

鲁迅先生说：“不要紧，走得动的。”

许先生再加以劝说，又去拿零钱给鲁迅先生带着。

鲁迅先生说不要不要，坚决地走了。

“鲁迅先生的脾气很刚强。”

许先生无可奈何的，只说了这一句。

鲁迅先生晚上回来，热度增高了。

鲁迅先生说：

“坐车子实在麻烦，没有几步路，一走就到。还有，好久不出去，愿意走走……动一动就出毛病……还是动不得……”

病压服着鲁迅先生又躺下了。

七月里，鲁迅先生又好些。

药每天吃，记温度的表格照例每天好几次在那里画，老医生还是照常地来，说鲁迅先生就要好起来了。说肺部的菌已经停止了一大半，肋膜也好了。

客人来差不多都要到楼上来拜望拜望。鲁迅先生带着久病初愈的心情，又谈起话来，披了一张毛巾子坐在躺椅上，纸烟又拿在手里了，又谈翻译，又谈某刊物。

一个月没有上楼去，忽然上楼还有些心不安，我一进卧室的门，觉得站也没地方站，坐也不知坐在哪里。

许先生让我吃茶，我就依着桌子边站着。好像没有看见那茶杯似的。

鲁迅先生大概看出我的不安来了，便说：

“人瘦了，这样瘦是不成的，要多吃点。”

鲁迅先生又在说玩笑话了。

“多吃就胖了，那么周先生为什么不多吃点？”

鲁迅先生听了这话就笑了，笑声是明朗的。

从七月以后鲁迅先生一天天地好起来了，牛奶，鸡汤之类，为了医生所嘱也隔三岔五地吃着，人虽是瘦了，但精神是好的。

鲁迅先生说自己体质的本质是好的，若差一点的，就让病打倒了。

这一次鲁迅先生保持了很久时间，没有下楼更没有到外边去过。

在病中，鲁迅先生不看报，不看书，只是安静地躺着。但有一张小画是鲁迅先生放在床边上不断看着的。

那张画，鲁迅先生未生病时，和许多画一道拿给大家看过的，小得和纸烟包里抽出来的那画片差不多。那上边画着一个穿大长裙子飞散着头发的女人在大风里边跑，在她旁边的地面上还有小小的红玫瑰的花朵。

记得是一张苏联某画家着色的木刻。

鲁迅先生有很多画，为什么只选了这张放在枕边。

许先生告诉我的，她也不知道鲁迅先生为什么常常看这小画。

有人来问他这样那样的，他说：

“你们自己学着做，若没有我呢！”

这一次鲁迅先生好了。

还有一样不同的，觉得做事要多做……

鲁迅先生以为自己好了，别人也以为鲁迅先生好了。

准备冬天要庆祝鲁迅先生工作三十年。

又过了三个月。

一九三六年十月十七日，鲁迅先生病又发了，又是气喘。

十七日，一夜未眠。

十八日，终日喘着。

十九日的下半夜，人衰弱到极点了。天将发白时，鲁迅先生就像他平日一样，工作完了，他休息了。

私塾师

陆　蠡

今年的春天，我在一个中学里教书。学校的所在地是离我的故乡七八十里的山间，然而已是邻县了。这地方的形势好像畚箕的底，三面环山，前一面则是通海口的大路，这里是天然的避难所和游击战的根据地。学校便是为了避免轰炸，从近海的一个城市迁来的。

我来这里是太突兀。事前自己并未想到，来校后别人也不知道。虽则这地方离我家乡不远，因为山乡偏僻，从来不曾到过。往常，这一带是盗匪出没的所在，所以如没有什么要事，轻易不会跑到这山窝里来。这次我来这学校，一半是感于办学校的师友的盛意，另一半则是因为出外的路断了，于是我便暂时住下来。

这里的居民说着和我们很近似的乡音，房屋建筑形式以及风俗习惯都和家乡相仿。少小离乡的我，住在这边有一种异常的亲切之感。倘使我不是在外间羁绊着许多未了的职务，我真甘愿长住下去。我贪羡这和平的一个角落，目前简直是归隐了，没有访问，没有通信，我过着平淡而寂寞的日子。

有一天，一位同学走进我的房间，说是一位先生要见我。

这使我很惊讶。在这里，除了学校的同事外，我没有别的朋友。因为他们还不曾知道我，在这山僻地方有谁来找我呢？我疑惑着。我搜寻我的记忆，摸不着头脑，而这位先生已跨进来了。

他是一位年近六十的老人，一瞥眼我就觉得很熟识，可是一时想不起来。我连忙让座，倒茶，递烟，点火，我借种种动作来延长我思索的时间，我不便请教他的尊姓，因为这对于素悉的人是一种不敬。我仔细分析这太熟识的面貌上的每一条皱纹，我注意他的举止和说话的声音，我苦苦地记忆。忽然我叫起来：

"兰畦先生！"

见我惊讶的样子，他缓慢地说：

"还记得我吧？"

"记得记得。"

我们暂时不说话。这突如的会面使我一时找不出话端，我平素是那么木讷。我呆了好久。

兰畦先生是我幼年的私塾师。正如他的典型的别号所表示，他代表一批"古雅"的人物。他也有着"古雅"的面孔：古铜色的脸，端正的鼻子，整齐的八字胡。他穿了一件宽大的蓝布长衫，外面罩上黑布马褂。头上戴一顶旧皮帽，着一双老布棉鞋。他手里拿了一根长烟管，衣襟上佩着眼镜匣子——眼镜平常是不用的——他的装束，是十足古风的。这种的装束，令人一望而知他是一个山里人，这往往成为轻薄的城里人嘲笑的题材，他们给他一个特别的名称“清朝人”，这便是“遗民”的意思。

他在我家里坐馆，是二十多年前的事。现在我想起私塾的情形，恍如隔了一整个世纪。那时我是一个很小的孩子，父亲把他的希望和他的儿子关在一起，在一座空楼内，叫这位兰畦先生督教。我过的是多么寂寞的日子啊！白天不准下楼，写字读书，读书写字。兰畦先生对我很严厉：破晓起床，不洗脸读书；早饭后背诵，点句，读书，写字；午饭后也是写字，读书；天黑了给我做对仗，填字。夜间温课，熬过两炷香。我读着佶屈聱牙的句子，解说着自己不懂而别人也不懂的字义。兰畦先生有时还无理地责打我，呵斥我，我小小的心中起了反感和憎恨。我恨他的人，恨他的长烟管，恨他的戒尺，但我最恨的是他的朱笔，它点污了我的书，在书眉上记下日子，有时在书面上记下责罚。于是我便把写上难堪字样的书面揉烂。

自他辞馆后，我立意不再理睬他，不再认他做先生，不想见他的面。真的，当我从外埠的中学念书回来，对于他的严刻还未能加以原谅。

现在，他坐在我的面前，还是那副老样子。二十多年前的老样子。他微笑地望着，望着他从前责打过的孩子。这孩子长大了，而且也做了别人的教师。他在默认我的面貌。

“啊，二十多年了！”终于我说了出来。

“二十多年，你成了大人，我成了老人。”

“身体好么？”

“穷骨头从来不生病。我的父亲还在呢，九十左右了，仍然健步如飞。几时你可以看到他。”他引证他一家人都是有极结实的身体。

“真难得。我祖父在日，也有极健康的老年。”我随把他去世的事情告诉他。

“他是被人敬爱的老人。你的父母都好么？”

“好。”

“姐妹们呢？”

“都好。”

他逐个地问着我家庭中的每一人。这不是应酬敷衍，也不是一种噜苏，是出于一种由衷的关切。他不复是严峻的塾师，倒是极温蔼的老人了。随后我问他怎样会到这里来，怎会知道我，他微笑了。他一一告诉我，他原要到离此十几里的一个山村去，是顺路经过此地的。他说他是无意中从同学口里听到我在这里教书，他想看看隔了二十多年的我是怎个样子，看看我是否认得他。他说他看到我很高兴，又说他立刻就要动身，一面站起来告辞。

“住一两天不行么？”我挽留他。

“下次再有机会，现在我得走。”他伸手去取他的随身提箧。

我望着这提箧，颇有几斤重量，而且去那边的山岭相当陡峻，我说：“送先生去吧。”

“不必，不必。你有功课，我自己去。”他推辞着。他眉宇间却露出一种喜悦，是一种受了别人尊敬感觉到的喜悦。

我坚执要送他。我说好久不追随先生了，送一程觉得很愉快。

我说我预备请一点钟假，因为上午我只有一课，随时可补授的。

窗外，站着许多同学，交头接耳地议论些什么，好像是猜测这位老先生和我的关系。

我站起来，大声地向他们介绍，说这位是我的先生，我幼年的教师。他现在要到某村去，我要送他。我预备请一点钟假。

同学中间起了窃窃的语声。看他们的表情，好像说："你有了这样的一位教师，不见得怎么光荣。"

于是我又向他们介绍："这是我的先生。"

我们走了。出校门时，有几位同学故意问我到哪里去，送的是我的什么人，我特地大声回答，我送他到某村去，他是我的先生。

路上，我们有着琐碎的谈话。他问起我：

"你认得×××么？他做了旅长了。"

"不大认得。"

"××呢，他是法政大学毕业的，听说做了县长。"

"和我陌生。我没读过法政。"

"××，你应该认得的。"

"我的记性太坏。"

"××，你的同宗。"

"影像模糊，也许会过面。"

"还有××？"

"只知其名，未识其面。"

"那么你只记得我？"

“是的。记得先生。”

他微嘘一口气。好像得到一种慰藉。他，他知道，他是被人遗忘的一个。很少有人记得他，尊敬他的。他是一个可怜的塾师。

“如果我在家乡住久些，还想请先生教古文呢。从前念的都还给先生了。”我接着带笑说。

“太客气了。现在应该我向你请教了。”

这句并没有过分。真的，他有许多地方是该向我请教了。当他向我诉说他的家境的寒苦，他仍不得不找点糊口之方，私塾现在是取消了，他不得不去找一个小学教员的位置；他不得不丢开四书五经，拿起国语常识；他不得不丢下红朱笔，拿起粉笔；他不得不离开板凳，站在讲台上；他是太老了，落伍了，他被人家轻视，嘲笑，但他仍不得不忍受这一切；他自己知道不配做儿童教师，他所知道的新知识不见得比儿童来得多，但是他不得不哄他们，骗他们，把自己不知道的东西告诉他们；言下他似不胜感喟。

“现在的课本我真弄不来。有一次说到‘咖啡’两字，我不知道这是什么东西。我只就上下文的意义猜说‘这是一种饮料’，这对么？”

“对的。咖啡是一种热带植物的果实，可以焙制饮料，味香，有提神的功用。外国人日常喝的，我们在外边也常喝的。还有一种可可，和这差不多，也是一种饮料。”

“还有许多陌生字眼，我不知道怎解释也不知怎么读。例如气字底下做个羊字，或是丞字，金旁做个乌字或白字，这不知是些什么东西？”

“这是一些化学名词，没读过化学的人，一时也说不清楚，至于音，顺着半边去读就好了。”

他感慨了。他说到他这般年纪，是应该休息了。他不愿意坑害人家子弟，把错误的东西教给孩子们。他说他宁愿做一个像从前一样的塾师，教点《幼学琼林》或是《书经》《诗经》之类。

“先生是应该教古文而不该教小学的。”我说。

“是的，小学比私塾苦多了。这边的小学，每星期二三十点钟，一年的薪金只有几十块钱，自己吃饭。倒不如坐馆舒服得多！”

我知道这情形。在这山乡间，小学仍不过是私塾的另一个形式。通常一个小学只有一个教师，但也分成好几年级，功课也有许多门：国语，常识，算术，音乐，体操等。大凡进过中学念过洋书的年轻人，都有着远大的梦想，不肯干这苦职业，于是这被人鄙视的位置，只有失去了希望的老塾师们肯就。我的先生自从若干年前私塾制废除后，便在这种“新私塾”里教书了。

“现在你到××干什么呢？”我还不知道他去那边的目的。

“便是来接洽这里的小学位置哟！”好像十分无奈似的。忽然他指着我头上戴的帽子问：

“像这样的帽子要多少钱一顶？”

“大约五六块钱。”我回答。

“倘使一两块钱能买到便好了。我希望能够有一顶。”

“你头上的皮帽也很合适。”我说。

“天热起来了，还戴得住么？”

说话间我们走了山岭的一半。回头望望，田畴村舍，都在我们的脚下。他于是指着蟠腾起伏的峰岭和点缀在绿色的田野间的像雀巢般的村舍，告诉我那些村庄和山岭的名字。不久，我们踅过了山头。前面，在一簇绿色的树林中显露出几座白垩墙壁。“到了。”他对我说，他有点微喘。我停住脚步，将手中提箧交给他，说我不进去，免得打扰人家。他坚要我进去吃了午饭走，我固执地要回校。他于是吐出他最后的愿望，要我在假期中千万到他家去玩玩，住一宿，谈一回天，于他是愉快的。他将因我的拜访而觉得骄傲。他把去他家的路径指点给我，并描出他屋前舍后的景物，使我便于找寻，但我的脑里却想着他所说的帽子，我想如何能在冬季前寄给他。它应是如何颜色，如何大小，我把这些问得之后，回身下山走了。

我下山走。我心里有一种矛盾的想头：我想到这位老塾师，又想到他所教的一批孩子。“他没有资格教孩子，但他有生存的权利。”我苦恼了。我又想中国教育的基础，最高学府建筑在不健全的小学上，犹如沙上筑塔——我又联想到许多个人和社会的问题，忽然听到脑后有人喊。

“喂，向左边岔路走哪。”

原来我信步走错了一条路。这路。像个英文的Y字母，来时觉得无岔路，去时却是两条。我回头，望见我的先生，仍站在山头上，向我挥手。

“我认识路的，再见，先生。”我重向他挥手。

我的母亲

老　舍

母亲的娘家是北平德胜门外，土城儿外边，通大钟寺的大路上的一个小村里。村里一共有四五家人家，都姓马。大家都种点不十分肥美的地，但是与我同辈的兄弟们，也有当兵的，做木匠的，做泥水匠的，和当巡察的。他们虽然是农家，却养不起牛马，人手不够的时候，妇女便也须下地做活。

对于姥姥家，我只知道上述的一点。外公外婆是什么样子，我就不知道了，因为他们早已去世。至于更远的族系与家史，就更不晓得了；穷人只能顾眼前的衣食，没有工夫谈论什么过去的光荣；“家谱”这字眼，我在幼年就根本没有听说过。

母亲生在农家，所以勤俭诚实，身体也好。这一点事实却极重要，因为假若我没有这样的一位母亲，我以为我恐怕也就要大大地打个折扣了。

母亲出嫁大概是很早，因为我的大姐现在已是六十多岁的老太婆，而我的大外甥女还长我一岁啊。我有三个哥哥，四个姐姐，但能长大成人的，只有大姐，二姐，三姐，三哥与我。我是“老”儿子。生我的时候，母亲已有四十一岁，大姐二姐已都出了阁。

由大姐与二姐所嫁入的家庭来推断，在我生下之前，我的家里，大概还马马虎虎地过得去。那时候订婚讲究门当户对，而大姐丈是做小官的，二姐丈也开过一间酒馆，他们都是相当体面的人。

可是，我，我给家庭带来了不幸：我生下来，母亲晕过去半夜，才睁眼看见她的老儿子——感谢大姐，把我揣在怀中，致未冻死。

一岁半，我把父亲“克”死了。

兄不到十岁，三姐十二三岁，我才一岁半，全仗母亲独力抚养了。父亲的寡姐跟我们一块儿住，她吸鸦片，她喜摸纸牌，她的脾气极坏。为我们的衣食，母亲要给人家洗衣服，缝补或裁缝衣裳。在我的记忆中，她的手终年是鲜红微肿的。白天，她洗衣服，洗一两大绿瓦盆。她做事永远丝毫也不敷衍，就是屠户们送来的黑如铁的布袜，她也给洗得雪白。晚间，她与三姐抱着一盏油灯，还要缝补衣服，一直到半夜。她终年没有休息，可是在忙碌中她还把院子屋中收拾得清清爽爽。桌椅都是旧的，柜门的铜活久已残缺不全，可是她的手老使破桌面上没有尘土，残破的铜活发着光。院中，父亲遗留下的几盆石榴与夹竹桃，永远会得到应有的浇灌与爱护，年年夏天开许多花。

哥哥似乎没有同我玩耍过。有时候，他去读书；有时候，他去学徒；有时候，他也去卖花生或樱桃之类的小东西。母亲含着泪把他送走，不到两天，又含着泪接他回来。我不明白这都是什么事，而只觉得与他很生疏。与母亲相依为命的是我与三姐。因此，她们做事，我老在后面跟着。她们浇花，我也张罗着取水；她们扫地，我就撮土……从这里，我学得了爱花，爱清洁，守秩序。这些习惯至今还被我保存着。有客人来，无论手中怎么窘，母亲也要设法弄一点东西去款待。舅父与表哥们往往是自己掏钱买酒肉食，这使她脸上羞得飞红，可是殷勤地给他们温酒做面，又给她一些喜悦。遇上亲友家中有喜丧事，母亲必把大褂洗得干干净净，亲自去贺吊——份礼也许只是两吊小钱。到如今如我的好客的习性，还未全改，尽管生活是这么清苦，因为自幼儿看惯了的事情是不易改掉的。

姑母常闹脾气。她单在鸡蛋里找骨头。她是我家中的阎王。直到我入了中学，她才死去，我可是没有看见母亲反抗过。“没受过婆婆的气，还不受大姑子的吗？命当如此！”母亲在非解释一下不足以平服别人的时候，才这样说。是的，命当如此。母亲活到老，穷到老，辛苦到老，全是命当如此。她最会吃亏。给亲友邻居帮忙，她总跑在前面：她会给婴儿洗三——穷朋友们可以因此少花一笔“请姥姥”钱——她会刮痧，她会给孩子们剃头，她会给少妇们绞脸……凡是她能做的，都有求必应。但是吵嘴打架，永远没有她。她宁吃亏，不斗气。当姑母死去的时候，母亲似乎把一世的委屈都哭了出来，一直哭到坟地。不知道哪里来的一位侄子，声称有承继权，母亲便一声不响，教他搬走那些破桌子烂板凳，而且把姑母养的一只肥母鸡也送给他。

可是，母亲并不软弱。父亲死在庚子闹“拳”的那一年。联军入城，挨家搜索财物鸡鸭，我们被搜两次。母亲拉着哥哥与三姐坐在墙根，等着“鬼子”进门，街门是开着的。“鬼子”进门，一刺刀先把老黄狗刺死，而后入室搜索。他们走后，母亲把破衣箱搬起，才发现了我。假若箱子不空，我早就被压死了。皇上跑了，丈夫死了，鬼子来了，满城是血光火焰，可是母亲不怕，她要在刺刀下，饥荒中，保护着儿女。北平有多少变乱啊，有时候兵变了，街市整条地烧起，火团落在我们院中。有时候内战了，城门紧闭，铺店关门，昼夜响着枪炮。这惊恐，这紧张，再加上一家饮食的筹划，儿女安全的顾虑，岂是一个软弱的老寡妇所能受得起的？可是，在这种时候，母亲的心横起来，她不慌不哭，要从无办法中想出办法来。她的泪会往心中落！这点软而硬的个性，也传给了我。我对一切人与事，都取和平的态度，把吃亏看作当然的。但是，在做人上，我有一定的宗旨与基本的法则，什么事都可将就，而不能超过自己划好的界限。我怕见生人，怕办杂事，怕出头露面；但是到了非我去不可的时候，我便不得不去，正像我的母亲。从私塾到小学，到中学，我经历过起码有二十位教师吧，其中有给我很大影响的，也有毫无影响的，但是我的真正的教师，把性格传给我的，是我的母亲。母亲并不识字，她给我的是生命的教育。

当我在小学毕了业的时候，亲友一致地愿意我去学手艺，好帮助母亲。我晓得我应当去找饭吃，以减轻母亲的勤劳困苦。可是，我也愿意升学。我偷偷地考入了师范学校——制服、饭食、书籍、宿处，都由学校供给。只有这样，我才敢对母亲提升学的话。入学，要交十元的保证金。这是一笔巨款！母亲做了半个月的难，把这巨款筹到，而后含泪把我送出门去。她不辞劳苦，只要儿子有出息。当我由师范毕业，而被派为小学校校长，母亲与我都一夜不曾合眼。我只说了句："以后，您可以歇一歇了！"她的回答只有一串串的眼泪。我入学之后，三姐结了婚。母亲对儿女是都一样疼爱的，但是假若她也有点偏爱的话，她应当偏爱三姐，因为自父亲死后，家中一切的事情都是母亲和三姐共同撑持的。三姐是母亲的右手。但是母亲知道这右手必须割去，她不能为自己的便利而耽误了女儿的青春。当花轿来到我们的破门外的时候，母亲的手就和冰一样的凉，脸上没有血色——那是阴历四月，天气很暖。大家都怕她晕过去。可是，她挣扎着，咬着嘴唇，手扶着门框，看花轿徐徐地走去。不久，姑母死了。三姐已出嫁，哥哥不在家，我又住学校，家中只剩母亲自己。她还须自晓至晚地操作，可是终日没人和她说一句话。新年到了，正赶上政府倡用阳历，不许过旧年。除夕，我请了两小时的假，由拥挤不堪的街市回到清炉冷灶的家中。母亲笑了。及至听说我还须回校，她愣住了。半天，她才叹出一口气来。到我该走的时候，她递给我一些花生："去吧，小子！"街上是那么热闹，我却什么也没看见，泪遮迷了我的眼。今天，泪又遮住了我的眼，又想起当日孤独地过那凄惨的除夕的慈母。可是慈母不会再候盼着我了，她已入了土！

儿女的生命是不依顺着父母所设下的轨道一直前进的，所以老人总免不了伤心。我二十三岁，母亲要我结了婚，我不要。我请来三姐给我说情，老母含泪点了头。我爱母亲，但是我给了她最大的打击。时代使我成为逆子。二十七岁，我上了英国。为了自己，我给六十多岁的老母以第二次打击。在她七十大寿的那一天，我还远在异域。那天，据姐姐们后来告诉我，老太太只喝了两口酒，很早地便睡下。她想念她的幼子，而不便说出来。

七七抗战后，我由济南逃出来。北平又像庚子那年似的被鬼子占据了，可是母亲日夜惦念的幼子却跑西南来。母亲怎样想念我，我可以想象得到，可是我不能回去。每逢接到家信，我总不敢马上拆看，我怕，怕，怕，怕有那不祥的消息。人，即使活到八九十岁，有母亲便可以多少还有点孩子气。失了慈母便像花插在瓶子里，虽然还有色有香，却失去了根。有母亲的人，心里是安定的。我怕，怕，怕家信中带来不好的消息，告诉我已是失了根的花草。

去年一年，我在家信中找不到关于老母的起居情况。我疑虑，害怕。我想象得到，如有不幸，家中念我流亡孤苦，或不忍相告。母亲的生日是在九月，我在八月半写去祝寿的信，算计着会在寿日之前到达。信中嘱咐千万把寿日的详情写来，使我不再疑虑。十二月二十六日，由文化劳军的大会上回来，我接到家信。我不敢拆读。就寝前，我拆开信，母亲已去世一年了！

生命是母亲给我的。我之能长大成人，是母亲的血汗灌养的。我之能成为一个不十分坏的人，是母亲感化的。我的性格，习惯，是母亲传给的。她一世未曾享过一天福，临死还吃的是粗粮。唉！还说什么呢？心痛！心痛！

小橘灯

冰　心

这是十几年以前的事了。

在一个春节前一天的下午，我到重庆郊外去看一位朋友。她住在那个乡村的乡公所楼上。走上一段阴暗的仄仄的楼梯，进到一间有一张方桌和几张竹凳、墙上装着一架电话的屋子，再进去就是我的朋友的房间，和外间只隔一幅布帘。她不在家，窗前桌上留着一张条子，说是她临时有事出去，叫我等着她。

我在她桌前坐下，随手拿起一张报纸来看，忽然听见外屋板门吱的一声开了，过了一会，又听见有人在挪动那竹凳子。我掀开帘子，看见一个小姑娘，只有八九岁光景，瘦瘦的苍白的脸，冻得发紫的嘴唇，头发很短，穿一身很破旧的衣裤，光脚穿一双草鞋，正在登上竹凳想去摘墙上的听话器，看见我似乎吃了一惊，把手缩了回来。我问她："你要打电话吗？"她一面爬下竹凳，一面点头说："我要 ×× 医院，找胡大夫，我妈妈刚才吐了许多血！"我问：

“你知道××医院的电话号码吗？”她摇了摇头说：“我正想问电话局……”我赶紧从机旁的电话本子里找到医院的号码，就又问她：“找到了大夫，我请他到谁家去呢？”她说：“你只要说王春林家里病了，她就会来的。”

我把电话打通了，她感激地谢了我，回头就走。我拉住她问：“你的家远吗？”她指着窗外说：“就在山窝那棵大黄果树下面，一下子就走到的。”说着就噔、噔、噔地下楼去了。

我又回到里屋去，把报纸前前后后都看完了，又拿起一本《唐诗三百首》来，看了一半，天色越发阴沉了，我的朋友还不回来。我无聊地站了起来，望着窗外浓雾里迷茫的山景，看到那棵黄果树下面的小屋，忽然想去探望那个小姑娘和她生病的妈妈。我下楼在门口买了几个大红橘子，塞在手提袋里，顺着歪斜不平的石板路，走到那小屋的门口。

我轻轻地叩着板门，刚才那个小姑娘出来开了门，抬头看了我，先愣了一下，后来就微笑了，招手叫我进去。这屋子很小很黑，靠墙的板铺上，她的妈妈闭着眼平躺着，大约是睡着了，被头上有斑斑的血痕，她的脸向里侧着，只看见她脸上的乱发，和脑后的一个大髻。门边一个小炭炉，上面放着一个小砂锅，微微地冒着热气。这小姑娘把炉前的小凳子让我坐了，她自己就蹲在我旁边，不住地打量我。我轻轻地问：“大夫来过了吗？”她说：“来过了，给妈妈打了一针……她现在很好。”她又像安慰我似的说：“你放心，大夫明早还要来的。”我问：“她吃过东西吗？这锅里是什么？”她笑说：

“红薯稀饭——我们的年夜饭。”我想起了我带来的橘子，就拿出来放在床边的小矮桌上。她没有作声，只伸手拿过一个最大的橘子来，用小刀削去上面的一段皮，又用两只手把底下的一大半轻轻地揉捏着。

我低声问：“你家还有什么人？”她说：“现在没有什么人，我爸爸到外面去了……”她没有说下去，只慢慢地从橘皮里掏出一瓤一瓤的橘瓣来，放在她妈妈的枕头边。

炉火的微光，渐渐地暗了下去，外面变黑了。我站起来要走，她拉住我，一面极其敏捷地拿过穿着麻线的大针，把那小橘碗四周相对地穿起来，像一个小筐似的，用一根小竹棍挑着，又从窗台上拿了一段短短的蜡头，放在里面点起来，递给我说：“天黑了，路滑，这盏小橘灯照你上山吧！”

我赞赏地接过，谢了她，她送我出到门外，我不知道说什么好，她又像安慰我似的说：“不久，我爸爸一定会回来的。那时我妈妈就会好了。”她用小手在面前画一个圆圈，最后按到我的手上：“我们大家也都好了！”显然地，这“大家”也包括我在内。

我提着这灵巧的小橘灯，慢慢地在黑暗潮湿的山路上走着。这朦胧的橘红的光，实在照不了多远，但这小姑娘的镇定、勇敢、乐观的精神鼓舞了我，我似乎觉得眼前有无限光明！

我的朋友已经回来了，看见我提着小橘灯，便问我从哪里来。我说：“从……从王春林家来。”她惊异地说：“王春林，那个木匠，你怎么认得他？去年山下医学院里，有几个学生，被当作共产党抓走了，以后王春林也失踪了，据说他常替那些学生送信……”

当夜，我就离开那山村，再也没有听见那小姑娘和她母亲的消息。

但是从那时起，每逢春节，我就想起那盏小橘灯。十二年过去了，那小姑娘的爸爸一定早回来了。她妈妈也一定好了吧？因为我们“大家”都“好”了！

内蒙访古

翦伯赞

今年夏天，我和历史学家范文澜、吕振羽同志等应乌兰夫同志的邀请，访问了内蒙古自治区。访问历时两个月（从7月23日到9月14日），行程达15000余里。要想把这次访问的收获都写出来那是写不完的，不过也可以用最简单的话概括这次访问的收获，那就是“见所未见，闻所未闻”。现在我想写一点内蒙访古的见闻。

哪里能找到这样的诗篇

内蒙，对于历史学家来说，是一个富有诱惑力的地方，因为这里在悠久的历史时期中，一直是游牧民族生活和活动的历史舞台，而这些游牧民族的历史活动又是中国史的一个重要组成部分；有些活动，在世界史上也不能没有它们的篇章。然而这个历史学宝库，直到现在，还没有完全打开，至少没有引起史学家足够的注意。

不知从什么时候起，匈奴人就进入了内蒙；到秦汉时期或者更早，它就以一个强劲的民族出现于历史。以后，鲜卑人、突厥人、回纥人，更后，契丹人、女真人，最后，蒙古人，这些游牧民族一个跟着一个进入这个地区，走上历史舞台，又一个跟着一个从这个地区消逝，退出历史舞台。这些相继或同时出现于内蒙地区的游牧民族，他们像鹰一样从历史上掠过，最大多数飞得无影无踪，留下来的只是一些历史遗迹或遗物，零落于荒烟蔓草之间，诉说他们过去的繁荣。有些连历史的遗迹也没有发现，仅仅在历史文献上保留一些简单的记录。但是这些游牧民族在过去都曾经在内蒙地区或者在更广大的世界演出过有声有色的历史剧；有些游牧民族，如13世纪的蒙古人，并曾从这里发出了震动世界的号令。

两千多年的时间过去了，现在，内蒙地区已经进入了历史上的新世纪。居住在这里的各族人民，蒙古族、达斡尔族、鄂伦春族、鄂温克族等等，正在经历一个前所未有的伟大的历史变革，他们都在从不同的历史阶段和不同的生活方式，经由不同的道路走进社会主义社会。例如蒙古族是从以游牧为主要生活方式的封建社会走进社会主义社会的，鄂伦春族和一部分鄂温克族则是从以狩猎为主要生活方式的原始共产主义社会末期走进社会主义社会的。很多过去的牧人、猎人，现在都变成了钢铁战士。条条道路通向社会主义社会，在这里得到了最具体、最生动的说明。

恩格斯说："世界史是最伟大的诗人。"我们在内蒙地区看到了这个最伟大的诗人的杰作。出现在这个杰作中的不是莺莺燕燕，而是群鹰搏击，万马奔腾。在世界文学的文库中，哪里能找到这样波澜壮阔、气势豪放的诗篇呢？

一段最古的长城

火车走出居庸关，经过了一段崎岖的山路以后，自然便在我们面前敞开了一个广阔的原野，一个用望远镜都看不到边际的原野，这就是古之所谓塞外。

从居庸关到呼和浩特有1000多里的路程，火车都在这个广阔的高原上奔驰。我们都想从铁道两旁看到一些塞外风光，黄沙白草之类，然而这一带既无黄沙，亦无白草，只有肥沃的田野，栽种着各种各样的庄稼：小麦、荞麦、谷子、高粱、山药、甜菜等等。如果不是有些地方为了畜牧的需要而留下了一些草原，简直要怀疑火车把我们带到了河北平原。

过了集宁，就隐隐望见了一条从东北向西南伸展的山脉，这就是古代的阴山，现在的大青山。大青山是一条并不很高但很宽阔的山脉，这条山脉像一道墙壁把集宁以西的内蒙分成两边。值得注意的是山的南北，自然条件迥乎不同。山的北边是暴露在寒冷的北风之中的起伏不大的波状高原。这一带在古代就是一个“少草木，多大沙”（《汉书·匈奴传》）的地方。山的南边，则是在阴山屏障之下的一个狭长的平原。

现在的大青山，树木不多，但在汉代，这里却是一个“草木茂盛，多禽兽”（《汉书·匈奴传》）的地方，古代的匈奴人曾经把这个地方当作自己的苑囿。一直到蒙古人来到阴山的时候，这里的自然条件，还没有什么改变。关于这一点，从呼和浩特和包头这两个蒙古语的地名可以得到说明。呼和浩特，蒙古语意思是青色的城。包头也是蒙古语的音译，意思是有鹿的地方。这两个蒙古语的地名，很清楚地告诉了我们，直到13世纪或者更晚的时候，这里还是一个有森林、有草原、有鹿群出没的地方。

呼和浩特和包头这两个城市，正是建筑在大青山南麓的沃野之中。秋天的阴山，像一座青铜的屏风安放在它们的北边，从阴山高处拖下来的深绿色的山坡，安闲地躺在黄河岸上，沐着阳光。这是多么平静的一个原野。但这个平静的原野在民族关系紧张的历史时期，却经常是一个风浪最大的地方。

愈是古远的时代，人类的活动愈受自然条件的限制。特别是那些还没有定住下来的骑马的游牧民族，更要依赖自然的恩赐，他们要自然供给他们丰富的水草。阴山南麓的沃野，正是内蒙西部水草最肥美的地方。正因如此，任何游牧民族只要进入内蒙西部，就必须占据这个沃野。

阴山以南的沃野不仅是游牧民族的苑囿，也是他们进入中原地区的跳板。只要占领了这个沃野，他们就可以强渡黄河，进入汾河或黄河河谷。如果他们失去了这个沃野，就失去了生存的依据，史载“匈奴失阴山之后，过之未尝不哭也”，就是这个原因。在另一方面，汉族如果要排除从西北方面袭来的游牧民族的威胁，也必须守住阴山的峪口，否则这些骑马的民族就会越过鄂尔多斯沙漠，进入汉族居住区的心脏地带。

早在战国时，大青山南麓，沿黄河北岸的一片原野，就是赵国和胡人争夺的焦点。在争夺战中，赵武灵王击败了胡人，占领了这个平原，并且在他北边的国境线上筑起了一条长城，堵住了胡人进入这个平原的道路。据《史记 · 匈奴列传》所载，赵国的长城东起于代（今河北宣化境内），中间经过山西北部，西北折入阴山，至高阙（今乌拉山与狼山之间的缺口）为止。现在有一段古长城遗址，断续绵亘于大青山、乌拉山、狼山靠南边的山顶上，东西长达260余里，按其部位来说，这段古长城正是赵长城遗址。

我们这次访问包头，曾经登临包头市西北的大青山，游览这里的一段赵长城。这段长城高处达5米左右，土筑，夯筑的层次还很清楚。东西纵观，都看不到终极，在东边的城址上，隐然可以看到有一个古代废垒，指示出那里在当时是一个险要地方。

我在游览赵长城时，作了一首诗，称颂赵武灵王，并且送了他一个英雄的称号。赵武灵王是无愧于英雄的称号的。大家都知道秦始皇以全国的人力物力仅仅连接原有的秦燕赵的长城并加以增补，就引起了民怨沸腾。不知从什么时候起，在秦始皇面前就站着一个孟姜女，控诉这条举世闻名的万里长城。甚至在解放以后，还有人把万里长城作为“炮弹”攻击秦始皇。而赵武灵王以小小的赵国，在当时的物质和技术条件下，竟能完成这样一个巨大的国防工程而没有挨骂，不能不令人惊叹。

当然，我说赵武灵王是一个英雄，不仅仅是因为他筑了一条长城，更重要的是因为他敢于发布“胡服骑射”的命令。要知道，他在当时发布这个命令，实质上就是与最顽固的传统习惯和保守思想宣战。

只要读一读《战国策·赵策》就知道当赵武灵王发布了胡服骑射的命令以后，他立即遭遇到来自赵国贵族官僚方面的普遍反抗。赵武灵王击败了那些顽固分子的反抗，终于使他们脱下了那套用以标志他们身份的祖传的宽大的衣服，并且把过了时的笨重的战车扔到历史的垃圾堆里去。敢于这样做的人，难道不是一个英雄吗？可以肯定说是一个英雄，一个大大的英雄。

在大青山下

现在让我们离开赵长城谈一谈阴山一带的汉代城堡。

根据考古报告，在阴山南北麓发现了很多古城遗址，至少有二十几个古城遗址。这些古城大部分是西汉时期的，也有北魏时期或更晚的。古城遗址最大多数分布在阴山南麓通向山北的峪口，也有分布在阴山北麓的，还有分布在黄河渡口和鄂尔多斯东北地区的。从古城分布的地位看来，几乎通向阴山以北的每一个重要峪口，都筑有城堡。特别是今日呼和浩特市北的蜈蚣坝，尤其是包头市北大青山与乌拉山之间的缺口，城堡的遗址更多。大概这两个峪口是古代游牧民族，而在汉代则是匈奴人侵袭的主要通路。看起来，汉王朝在阴山一带的战略部署，至少有三道防线，第一道防线是阴山北麓的峪口和更远的地方，第二道防线是阴山南麓的峪口，第三道防线是黄河渡口和鄂尔多斯东北一带。

在阴山以北筑城障的事，《史记 · 匈奴列传》有如此的记载：太初四年“汉使光禄徐自为出五原塞数百里，远者千余里，筑城障列亭，至庐朐”。《正义》引《括地志》云：“五原郡相阳县（《汉书 · 地理志》注作稒阳县），北出石门障，得光禄城，又西北得支就县（《汉书 · 地理志》注作支就城），又西北得头曼城，又西北得牢城河（《汉书 · 地理志》注作虖河城），又西北得窝虏城（《汉书 · 地理志》注作宿虏城）”。由此看来，当汉武帝时汉王朝在阴山以北筑了很多城堡，几乎是步步为营，把它的势力远远地推到阴山以北的地方。一直到元帝时由于匈奴呼韩邪单于款塞入朝，才从阴山以北的城堡撤退驻军，但仍然保留着通烽火的哨兵。《汉书 · 匈奴传》记侯应谏元帝的话，其中有云：“前以罢外城，省亭隧，今裁足以候望，通烽火而已。”这里所谓“外城”，就是阴山以外的城堡。

在大青山与乌拉山之间的峪口中有一条昆都仑河，由北而南流入黄河。昆都仑河就是古代的石门水，石门水大概是古代游牧民族进入阴山以南的沃野最方便的一条道路。在这个通道的外面，已经发现了一些汉代的古城，有一个古城可能就是汉代的光禄城。

我们这次访问内蒙西部，曾经游览了呼和浩特市附近塔布土拉罕的汉城遗址和包头市附近麻池乡的汉城遗址。

塔布土拉罕在呼和浩特市东北35里，大青山的南麓。古城作长方形，分内外两城，外城周围约三公里。在内城的地面上到处可以看到汉代的绳纹陶片。在城的附近有五个大土堆，塔布土拉罕就是五个大土堆的意思。这五个大土堆，可能是五个大封土墓，如果把这五个大封土墓打开很有可能发现这个古城的历史档案。

麻池乡在包头市西30里。这里的古汉城也是分内外两城，内城也散布着很多汉代砖瓦，外城很少。古城周围有很多古墓，大多数没有封土。在这里的墓葬中，发现了很多古物，其中有汉代的钱币和汉式的铜器、陶器、漆器等等，也有金质和银质的镂空饰片，饰片上的花纹作虎豹骆驼等动物形象。还发现了“单于天降”“四夷□服”（字迹不清）以及“单于和亲”“千秋万岁”“长乐未央”等文字的瓦当残片。

我不想详细介绍这两个古城的发现，只想指出一个事实，即阴山南北和黄河渡口一带的汉代古城，不是由于经济的原因，而是由于军事的原因建筑起来的。严格地说，这些古城不能称为真正的城市，只是一种驻扎军队和囤积军用粮食武器的营垒。居住在这些城堡中的主要的是军队，也有小商人和手工业者；但这些小商人和手工业者是依靠军队生活的，只要军队撤退，这些城堡也就废弃了。

我还想指出，阴山一带在民族关系紧张的时期是一个战场，而在民族关系缓和时期则是一个重要的文化交流的驿站；甚至在战争的时期，也不能完全阻止文化的交流。关于这一点，我们可以从这一带发现的文物得到说明。例如在当时汉与匈奴的边境线上到处都发现了汉代的钱币和工艺品，这些工艺品与在内地发现的同一时期的工艺品是一样的，这件事说明汉与匈奴之间的和平往来，并没有完全被万里长城和军事堡垒所遮断。

在大青山脚下，只有一个古迹是永远不会废弃的，那就是被称为青冢的昭君墓。因为在内蒙人民的心中，王昭君已经不是一个人物，而是一个象征，一个民族友好的象征：昭君墓也不是一个坟墓，而是一座民族友好的历史纪念塔。

青冢在呼和浩特市南20里左右。据说清初墓前尚有石虎两列、石狮一个，还有绿琉璃瓦残片，好像在墓前原来有一个享殿。现在这些东西都没有了，只有一个石虎伏在阶台下面陪伴这位远嫁的姑娘。

据内蒙的同志说，除青冢外，在大青山南麓还有十几个昭君墓。我们就看到了两个昭君墓，另一个在包头市的黄河南岸。其实这不是一个坟墓，而是一个古代的堡垒。在这个堡垒附近，还有一个古城遗址。

王昭君究竟埋葬在哪里，这件事并不重要，重要的是为什么会出现这样多的昭君墓。显然，这些昭君墓的出现，反映了内蒙人民对王昭君这个人物有好感，他们都希望王昭君埋葬在自己的家乡。

然而现在还有人反对昭君出塞，认为昭君出塞是民族国家的屈辱。我不同意这样的看法。因为在封建时代要建立民族之间的友好关系，不能像我们今天一样，通过各族人民之间的共同的阶级利益、经济基础和意识形态，主要的是依靠统治阶级之间的和解，而统治阶级之间的和解又主要的是决定于双方力量的对比，以及由此产生的封建关系的改善。和亲就是改善封建关系的一种方式。当然，和亲也是在不同的历史条件下出现的，有些和亲是被迫的，但有些也不是被迫的，昭君出塞就没有任何被迫的情况存在。如果不分青红皂白，只要是和亲就一律加以反对，那么在封建时代还有什么更好的方法可以取得民族之间的和解呢？在我看来，和亲政策比战争政策总要好得多。

游牧民族的摇篮

我们在内蒙西部没有看到的塞外风光，在内蒙东部看到了。当我们的火车越过大兴安岭进入呼伦贝尔草原时，自然环境就散发出蒙古的气氛。一幅天苍苍野茫茫的画面出现在我们的面前了。

正像大青山把内蒙的西部分成南北两块，大兴安岭这一条从东北伸向西南的广阔的山脉也把呼伦贝尔草原分割为东西两部。山脉的两麓被无数起伏不大的山谷割开，从山谷中流出来的溪水，分别灌注着大兴安岭东西的草原，并在东部汇成了嫩江，在西部汇成了海拉尔河。海拉尔，蒙古语，它的意思就是流下来的水。

海拉尔市虽然是一个草原中的城市，但住在这个城市里，并不能使我们感到草原的风味，只有当我们从海拉尔乘汽车经过南屯前往锡尼河的这条路上，才看到真正的草原风光。在这条路上，我第一次看到这样平坦、广阔、空旷的草原，从古以来没有人耕种过的，甚至从来也没有属于任何个人私有过的草原。没有山，没有树木，没有村落，只有碧绿的草和覆盖这个草原的蓝色的天，一直到锡尼河我们才看到一些用毡子围起来的灰白色的帐幕，这是布列亚特蒙古族牧人的家。我们访问了这些牧人的家，在草原上度过了最快乐的一天。

当然不是所有的草原都像锡尼河一样的平坦。当我们从海拉尔前往满洲里的路上，我们就看到一些起伏不大的沙丘；而当我们从满洲里到达赉湖，从达赉湖到扎赉诺尔的路上，也看到了一些坡度不大的丘陵在地平线上画出了各种各样的柔和的曲线。

呼伦贝尔不仅在现在是内蒙的一个最好的牧区，自古以来就是一个最好的草原。这个草原一直是游牧民族的历史摇篮。出现在中国历史上的大多数游牧民族，鲜卑人、契丹人、女真人、蒙古人都是在这个摇篮里长大的，又都在这里度过了他们历史上的青春时代。

根据《后汉书·鲜卑传》所载，鲜卑人最早的游牧之地是鲜卑山。他们每年“以季春月大会于饶乐水上”。鲜卑山、饶乐水究竟在哪里，历来的史学家都没有搞清楚。现在我们在扎赉诺尔附近木图拉雅河的东岸发现了一个古墓群。据考古学家判断，可能是鲜卑人的墓群。如果是鲜卑人的墓群，那就可以证实早在两汉时期鲜卑人就游牧于呼伦贝尔西部达赉湖附近一带的草原。

对于早期鲜卑人的生活，历史文献上给我们的知识很少，仅说鲜卑人的习俗与乌桓同。而当时的乌桓是一个以“弋猎禽兽为事，随水草放牧”，但已“能作弓矢鞍勒，锻金铁为兵器”的游牧民族。我们这次在呼和浩特和海拉尔两处的博物馆，看到扎赉诺尔古墓中发现的鲜卑人的文物，其中有双耳青铜罐和雕有马鹿等动物形象的铜饰片，又有桦木制的弓、桦树皮制的弓囊和骨镞等等，只是没有发现角端弓。又《鲜卑传》谓鲜卑于建武二十五年始与东汉王朝通驿（当作译）使，这件事也从墓葬中发现的织有“如意”字样的丝织物和汉代的规矩镜得到了证实。

史载契丹人最初居在鲜卑人的故地，地名枭罗箇没里，没里者，河也（《五代史》卷七十二,四夷附录）。这条河究竟在哪里，不得而知。最近在扎赉诺尔古墓群附近发现了契丹人的古城遗址，证明契丹人也在呼伦贝尔草原东部游牧过。

女真人在呼伦贝尔草原也留下了他们的遗迹。其中最有名的是两条边墙。一条边墙在草原的西北部，沿着额尔古纳河而西，中间经过满洲里直到达赉湖的西边，长约数百里。这条边墙显然是为了防御蒙古人侵入呼伦贝尔草原而建筑的。但据史籍所载，在蒙古人占领这个草原以前，游牧于这个草原的是塔塔儿人，蒙古人不是从女真人手中，而是从塔塔儿人手中接收这个草原的。根据这样的情况，这条边墙，似乎不是女真人修筑的。只有在这样的情况之下，即为了抵抗蒙古人的侵入，当时的塔塔儿人和女真人是站在一边的，女真人才有可能修筑这条边墙。另一条边墙在呼伦贝尔的东南，这条边墙是沿着大兴安岭南麓自东北而西南，东起于莫力达瓦达斡尔族自治旗的尼尔基镇，西至科尔沁右翼前旗的索伦，长亦数百里。王国维曾在其所著《金界壕考》一文中对这条墙作了详细的考证。有人认为这是成吉思汗的边墙，并且把扎兰屯南边的一个小镇取名为成吉思汗，以纪念这条边墙，这是错误的。毫无疑问，这条边墙是女真人建筑的，其目的是为了保卫呼伦贝尔南部的草原，免于蒙古人的侵入。但是成吉思汗终于突破了这两道边墙，进入了呼伦贝尔草原。

呼伦贝尔草原不仅是古代游牧民族的历史摇篮，而且是他们的武库、粮仓和练兵场。他们利用这里的优越的自然条件，繁殖自己的民族，武装自己的军队，然后以此为出发点由东而西，征服内蒙中部和西部诸部落或最广大的世界，展开他们的历史性的活动。鲜卑人如此，契丹人、女真人、蒙古人也是如此。

鲜卑人占领了这个草原就代替匈奴人成为蒙古地区的支配民族，以后进入黄河流域建立了北魏王朝。鲜卑人在前进的路上留下了很多遗迹，现在在内蒙和林格尔县境内发现的土城子古城，可能就是北魏盛乐城的遗址。大同云冈石窟和洛阳龙门石窟也是鲜卑人留下来的艺术宝库。我们在访问大同时曾经游览云冈石窟，把这里的艺术创造和扎赉诺尔的文化遗物比较一下，那就明显地表示出奠居在大同一带的鲜卑人比起游牧于扎赉诺尔的鲜卑人来，已经是一个具有高得多的文化的民族。如果把龙门石窟和云冈石窟的艺术，作一比较研究，我想一定能看出鲜卑人在文化艺术方面更大一步的前进。

在呼伦贝尔草原游牧过的契丹人，后来也向内蒙的中部和西部发展，最后定居在黄河流域建立了辽王朝。契丹人也在前进的路上留下了他们历史的里程碑。他们在锦州市内留下了一个大广济寺古塔，在呼和浩特东40里的地方留下了一个万卷华严经塔，还在大同城内留下了上下华严寺。我们这次游览了锦州的古塔，欣赏了大同上下华严寺的佛像雕塑艺术。从这些建筑艺术和雕塑艺术看来，奠居在锦州和大同一带的契丹人也是一个具有相当高度文化艺术的民族。

为了保卫呼伦贝尔草原建筑过两条边墙的女真人，后来也进入黄河流域建立了金王朝。和鲜卑人、契丹人略有不同，女真人在进入中原以前已经具有比较高度的文化，现在黑龙江省阿城县南的白城就是金上京。在这次访问中，有些同志曾经去游览过金上京遗址，从遗址看来已经是一个规模相当大的城市。这个城市表明了当时女真人已经进入了定居的农业生活，并且有了繁盛的商业活动。

成吉思汗在进入呼伦贝尔草原以前，始终局促于斡难河与额尔古纳河之间的狭小地区。但当他一旦征服了塔塔儿人占领了这个草原，不到几年他就统一了蒙古诸部落，正如他在写给长春真人丘处机的诏书中所说的："七载之中成大业，六合之内为一统。"

蒙古人当然知道这个草原的重要性，元顺帝在失掉了大都以后，带着他的残余军队逃亡，不是逃往别处而是逃到呼伦贝尔草原。

朱元璋似乎也知道这个草原的重要性，他派蓝玉追击元顺帝，一直追到捕鱼儿海（即今贝尔湖）东北80里的地方，在这个草原中彻底地歼灭了元顺帝的军队以后，蒙古王朝的统治才从中国历史上结束。

历史的后院

假如呼伦贝尔草原在中国历史上是一个闹市，那么大兴安岭则是中国历史上的一个幽静的后院。重重叠叠的山岭和覆蔽着这些山岭的万古长青的丛密的原始森林，构成了天然的障壁，把这里和呼伦贝尔草原分开，使居住在这里的人民与世隔绝，在悠久的历史时期中，保持他们传统的古老的生活方式。一直到解放以前，居住在这个森林里的鄂伦春人和鄂温克人还停留在原始社会末期的历史阶段。但是解放以后，这里的情况已经大大地改变了。现在，一条铁路已经沿着大兴安岭的溪谷远远地伸入了这个原始森林的深处，过去遮断文明的障壁在铁道面前被粉碎了。社会主义的光辉，已经照亮了整个大兴安岭。

我们这次就是沿着这条铁道进入大兴安岭的。火车首先把我们带到牙克石。牙克石是喜桂图旗的首府，也是进入大兴安岭森林地带的大门。喜桂图，蒙古语，意思是有森林的地方。这个蒙古语的地名，记录了这里的历史情况，其实在牙克石附近现在已经没有森林了。

在牙克石前往甘河的路上，我们的目光便从广阔的草原转向淹没在原始森林中的无数山峰。在铁道两旁，几乎看不到一个没有森林覆蔽的山坡，到处都丛生着各种各样的树木，其中最多的是落叶松和白桦，也有樟松、青杨和其他不知名的树木。

我们在甘河换了小火车，继续向森林地带前进。经过了几小时的行程，火车把我们带到了一个叫作第二十四的地方。应该说明一下，在这个森林中，有很多地方过去没有名字。解放以后，森林工作者替这些地方也取了一些名字，如第一站、第二站之类。但有些地方原来是有鄂伦春语的名字的，而这些鄂伦春语的地名，又往往能透露一些历史的消息。例如锡尼奇是一个鄂伦春语的地名，意思是有柳树的地方；又如乍格达奇，也是一个鄂伦春语的地名，意思是有樟松的地方。这样的地名比起数目字的地名来，当然要好得多，因此我以为最好能找到这些地方的鄂伦春语的名字。

我们在第二十四地点下了火车，走进原始森林。依照我们的想法，在原始森林里，一定可以看到万年不死的古树；实际上并没有这样长寿的树木，落叶松的寿命最多也不过100多年。所谓原始森林，是说这个森林从太古以来，世世代代，自我更新，一直到现在，依然保持他们原始的状态。当然在我们脚下践踏的，整整有一尺多厚的像海绵一样的泥土，其中必然有一万年甚至几万年前的腐朽的树木和树叶。

我们在这里第一次看到了太阳都射不进去的丛密的森林，也第一次看到了遍山遍岭的杜鹃花和一种驯鹿爱吃的特殊的苔藓。秋天的太阳无私地普照着连绵不断的山冈，畅茂的森林在阳光中显出像翡翠一样的深绿。在山下，河流蜿蜒地流过狭窄的河谷，河谷两岸是一片翠绿的草地和丛生的柳树。世界上哪里能找到这样美丽的花园呢？

我们的旅程，并没有停止在甘河。就在当天夜晚，火车把我们带到了这条森林铁路的终点阿里河。阿里河是鄂伦春自治旗的首府。鄂伦春，满洲语，意思是驱使驯鹿的部落。但是现在的鄂伦春族人民已经不是一个驱使驯鹿的部落，他们在阿里河边建筑了新式的住房，在这里定居下来，逐渐从狩猎生活转向驯养鹿群和农业的生活。现在在大兴安岭内驱使驯鹿的唯一的民族，也是以狩猎为生的唯一民族是鄂温克族。

从狩猎转向畜牧生活并不是一种轻而易举的事，这要求一个民族从森林地带走到草原，因为游牧的民族必须依靠草原。森林是一个比草原更为古老的人类的摇篮。恩格斯曾经说过，一直到野蛮低级阶段上的人们还是生活在森林里；但是当人们习惯于游牧生活以后，人们就再也不会想到从河谷的草原自愿地回到他们祖先所住过的森林区域里面去了。(《家庭、私有制和国家的起源》) 恩格斯的话说明了人类在走出森林以后再回到森林是不容易的；在我看来，人类从森林走到草原也同样是不容易的，因为这需要改变全部的生活方式。要改变一种陈旧的生活方式，那就要触犯许多传统的风俗习惯，而这种传统的风俗习惯对于一个古老的民族来说是神圣不可侵犯的。不仅改变全部生活方式会要遇到困难，据一位鄂伦春的老猎人说，甚至把狩猎用的弓矢换为猎枪这样简单的事情，也曾经引起反对。反对的理由是火器有响声，打到一只野兽，惊走了一群，而弓箭就没有这种副作用。但是新的总是要战胜旧的，现在不仅鄂伦春族的猎人，甚至鄂温克族的猎人也用新式的猎枪装备自己。

扎兰屯是我们最后访问的一个内蒙城市。

到了扎兰屯，原始森林的气氛就消失了。出现在我们面前的是一座美丽的山城。这座山城建筑在大兴安岭的南麓，在它的北边是一些绿色的丘陵。有一条小河从这个城市中流过，河水清浅，可以清楚地看见生长在河里的水草。郊外风景幽美，在前往秀水亭的路上，可以看到一些长满了柞树的山丘，也可以看到从峡谷中流出来的一条溪河，丛生的柳树散布在河谷的底部。到处都是果树、菜园和种植庄稼的田野，这一切告诉了我们这里已经是呼伦贝尔的农业区了。我们就在这里结束了内蒙的访问。

揭穿了一个历史的秘密

这次访问对于我来说，是上了一课很好的蒙古史，也可以说揭穿了一个历史的秘密，即为什么大多数的游牧民族都是由东而西走上历史舞台。现在问题很明白了，那就是因为内蒙东部有一个呼伦贝尔草原。假如整个内蒙是游牧民族的历史舞台，那么这个草原就是这个历史舞台的后台。很多的游牧民族都是在呼伦贝尔草原打扮好了，或者说在这个草原里装备好了，然后才走出马门。当他们走出马门的时候，他们已经不仅是一群牧人，而是有组织的全副武装了的骑手、战士。这些牧人、骑手或战士总想把万里长城打破一个缺口，走进黄河流域。他们或者以辽河流域的平原为据点，或者以锡林郭勒草原为据点，但最主要的是以乌兰察布平原为据点，来敲打长城的大门，因而阴山一带往往出现民族矛盾的高潮。两汉与匈奴，北魏与柔然，隋唐与突厥，明与鞑靼，都在这一带展开了剧烈的斗争。一直到清初，这里还是和准噶尔进行战争的一个重要的军事据点。如果这些游牧民族，在阴山也站不住脚，他们就只有继续往西走，试图从居延打开一条通路进入洮河流域或青海草原；如果这种企图又失败了，他们就只有跑到准噶尔高原，从天山东麓打进新疆南部；如果在这里也遇到抵抗，那就只有远走中亚，把希望寄托在妫水流域了。所有这些民族矛盾斗争在今天看来，都是一系列的民族不幸事件，因为不论谁胜谁负，对于双方的人民来说都是一种灾难，一种悲剧。

马克思说：“世界历史形式的最后一个阶段，就是它的喜剧。”现在悲剧的时代已一去不复返了，出现在内蒙地区的是历史喜剧。但是悲剧时代总是一个历史时代，一个不可避免的历史时代，一个紧紧和喜剧时代衔接的时代。为了让我们更愉快地和过去的悲剧时代诀别以及更好地创造我们的幸福的未来，回顾一下这个过去了的时代，不是没有益处的。

过　失

李广田

那时候我究竟是多大岁数呢，我是早已忘记了。只记得当时还穿一件颇长的粗布坎肩儿，是为了保护衣服的清洁才罩在外面的。照我们乡间情形，十岁过后的孩子是不穿这类坎肩的了。

我从舅爷家里移植了月季花来。

提起这位舅爷，便很自然地使我感到一种说不出的喜欢，——在那些年间，我确实很喜欢舅爷那种生活，但到了现在，这点喜欢却又渐渐地变成近于悲哀的感觉了，他是那样和父亲迥乎不同的一个人。听说舅爷的年青时代，也曾经学过鞋匠之类的手艺，只因为思家心切，便丢开了手艺，回家来了，回来了却也不做什么农事的工作，又说是自己有着什么宿疾，便一直在家里过着闲散日子。舅爷的家计非常贫困，然而贫困也无妨于他的闲散，他把日子都过在种种花，养养鸟上了。那时候我最喜欢去的地方就是舅爷的家。舅爷的家就安置在河堤的南岸上，——这一带的贫苦人家都靠了河堤居住，这不但可以借堤身代替一面房壁，而地方又是官地，没有宅产的人，也可以到这里来筑屋立家了。把房子筑在这堤旁，比平地高出了许多尺，远远望去，就如一列高起的土楼，我每于到舅爷家去的路上，距河堤还有百十步样子距离，便看见舅爷的几笼鸟高挂在茅檐前，红的花，白的花，在窗前的阳光里显得非常好看。喜欢到舅爷家去，也就是为了这个了。在那些花草中间，到现在我也不能指出它们的名色，只知道有一种红的是月季，我也就最爱月季花。

不管是不是宜于移花的时候，得到舅爷的允许，就移植了月季花来。

“母亲，移了月季花来呢。”这样说着，带着满心的欢喜，就一个人兀自忙乱着。那是一个少雨的季节。又因为庭院窗前是时常被人践踏的地方，即便用了铲子，甚至用了刀子，要在那样地方掘一个植花的孔穴，是一件颇不容易的事。把花的根部埋在土里之后，很是一个快乐，月季花总算长在我的窗前了。在私心里梦想了很久的一件事，就这样自己实现了出来，但等到用一个已经锈毁的小铁筒，从枸杞树下的水缸里借水来浇灌时，就觉得有点不能胜任了。然而无可如何，这是自己的事情，母亲是无暇于这些，也不会高兴来帮助这些的。水缸上面荫着一架颇旺盛的枸杞树，已经结了累累的红色枸杞子，红得亮亮的，像一穗穗的红宝石，枝蔓尖端，还缀着许多淡紫色的十字小花。这是父亲幼年时候亲手培植起来的。父亲很爱惜这株树，因为这木材生长得特别迟缓，所以这些年来的树身还不过鸡卵样粗细，据说这是长寿树，可以从这树的荣枯占卜一个家庭的盛衰，又说荫在这树下的缸里的水永久清清，作为牲畜的饮料是可以避免一切灾疾的。我想，这也就是把树植在畜栏前面的理由了。从这水缸的所在，到栽了月季花的窗前，我究竟来回地走了多少趟呢，不曾知道，等到自己认为把月季花浇灌足够之后，撒在这段路中间的水已经像一条小河，为了保护衣服而穿起来的那件粗布坎肩，先是沾满灰土，这时却变成满是泥浆了。无论如何，我总算满足了自己的心愿，私心里只盼着那一株月季会长大，繁茂，我想着我的庭院的窗前会变成一座小小的花园，而且更希望能把舅爷家里的其他花草也各移植一些过来，担心的，只是舅爷那心爱的小碧玉鸟儿不会分我一个。

将近中午的太阳是比较炎热的，庭院里的榆树槐树，把舒展的枝叶浴在阳光里，静静的，似有一些倦意。从厨房的房顶上冒出灰白的炊烟来，母亲正在预备我们的午餐。虽然自己完成了这么一桩事业觉得功劳不小，但因为沾了满身污泥，却也不敢走到母亲前面。就正当这时，到田间去工作了半天的父亲，很疲乏的样子，回来了。不等到父亲开口，我是先已预知了眼前要发生的事体的。

假如父亲也像舅爷一样就好了，私心里这样想着。父亲并不曾坐下来休息一会，他立刻发作了起来，他用发怒的眼光盯着我满是污泥的坎肩，又从我的坎肩看到庭院中为我新造成的那条小河，从那条小河，就看到了我的仅在起始着的花园，于是吵着，骂着，本来没有用那么大力气的必要，却故意用了很大的力气，把我的月季花连根带梢地一齐拔出来了，并愤愤地掷到了庭院中间。而且，照例的一套教训又间杂在他的吵骂里，说什么“养鸟不如养鸡，种花不如种菜”。并埋怨着说：没有人关心田里的荒草有多高，也不管井里的清水怎么会运到自家的水缸里来。

我还有什么可说的呢？胆小的母亲也不敢说什么，只沉着脸在准备午餐。我的午餐是为眼泪所代替了。

午饭后，父亲一言不发地又自己到田间去了。我呢，却还在为了我的月季花而怀着不平。“父亲老了，又这么辛苦，所以才生了孩子的气呢。”母亲把这样的话来给我安慰。但一等到母亲离开了眼前，我就跑到了枸杞树下，真是连自己也觉得是一件极可惊异的事，枸杞树竟是那么容易折断，经我稍稍用力，便扑地躺下来了，一蓬青绿，偃卧在水缸上面，紫的小花，红的果实，散落了满地都是。这是父亲的树！——心里稍一轻松之后，自己就明白这是自己所不能担当的一桩大事了。

这等时候，除却求救于母亲一人外，是没有其他办法的了。“不要怕，不要怕。”母亲给我揩着眼泪这么说，并把我打发到外边去，意思是，我到街上去玩半天再来，便什么事也没有了。等到将近黄昏的时候我才又回到家里，却正值母亲同父亲谈着枸杞的事。母亲似乎很埋怨畜栏里的驴子，说驴子饿了，便自己咬断了缰绳，跑了来，一口把枸杞树捋断了。父亲会不会信服呢？我不知道，也许父亲会用了很重的木棒把驴子重重地责打一场吧，却也不会，只沉着老脸，自己立在水缸旁边，收拾那已经无望了的枸杞树。

直到现在，只要想起这件事，也还觉得是自己的一件过失。当然，要在自己家里的窗前建一座小小花园的梦，是早已没有了，所提心的，只怕上了年纪的父亲还难免有一棵枸杞树的记忆。至于那位曾经允许我移植月季花的舅爷呢，听说近来也还是在贫困中过着闲散日子，养养鸟，种种花，也是老境了，据说又自己学着吹什么唢呐。

花草的生长

靳　以

撒在土地中的一颗种子，它不会腐烂，它要生出繁茂的枝叶，开出美丽的花朵！还要结出累累的果实。全靠了这丰腴地生长的力量，我们才一代一代地活下来。

对于自身的生长，反是觉得茫然无所知，但是谁不曾为了他物的生长而鼓舞呢？一只小猫，砖墙缝中的一株小草，都足以感动我们，使我们更觉得生之伟大的意味吧！

记得是从入了春就想起来，到了清明也许忘了，那就是在我们小小的庭院中种植花草的事。种子早就收集好了，有的是往年结下来的，有的是从友人那里讨来的。不再吹北风了，一冬冻着的土地也柔软些，当着万里晴空阳光大好的时节，也看得出从土面上蒸出来的氤氲的地气，便记在心中：“不要忘了清明呵！”

清明前后是下种的好时期，仿佛从很小的时候便知道了。虽然我只是一个不知稼穑的城里的孩子，大概种花种草的事，母亲或是祖母也曾爱好过的。所以当着我自己有了一个小小的院落，我就不会任它荒废。

一直是记着的，到了清明已来真的就忘了。还是仆人问起来为什么还不下种，才恍然地像醒了一场梦，急急地要他掘松泥土。他用的是一柄铁铲，我却用了手，生怕误了似的忙着。也许不只是我一个人，还有两个过路的友人住在我那里，便三个人一齐忙碌起来。淌着汗了，不能用污泥的手，便扬起衣袖揩拭。

谁能相信那像细沙一样大小的种子能生出些什么来呢？有的又是干枯了，一阵风就能随之飘舞。有了这样的存心，我们便更多地把种子埋在土中，很怕什么也不能长出来似的。

一下午的工作使得腰腿都酸了，原先还记得什么样的种子，什么样的花，该种在什么地方，到后来只是任意地埋到这里那里，时时会想："一月后不过也是一片平地而已！"

这一天的浇水只好由仆人来了，要一桶一桶地从井口汲出来，倒在地上。十桶八桶好像也不能润遍，我们就坐到房里，一任仆人自己去操作。到后来可不是这样，每天近晚，都是我们自己到井边去汲水，像有着一点快乐，正如同一个母亲把乳汁喂她的孩子。

最大的喜悦还是当我们看到了一茎两茎细细的嫩芽钻出了地面，几乎是跳着了，立刻叫出别人也来看。这里一根，那里又一根，每一根都像长在我们的心上。若是春雨，便是撑了伞也要在院子里走来走去。可是两番三番春雨，冒出地面的小生物就渐渐多起来了。终于看得出来这边是繁密的一堆，那边还一无所有。

“早知道该仔细一点。”到这样埋怨着自己的时候，已经是没有一点用处了。像是懂得更多些的仆人就告诉着，当还小的时候，不妨加以移植整理。

我们就又忙碌起来，那么细小可爱的生物，我们怎能放心交给别人去弄呢？它们都是那么细小，就是自己的手碰到了的时节也生怕伤害了，而繁密处，又常是连手指也插不下去，天上也许是淋着雨，若不是任它落湿了衣发手脸，便要一面工作着，一面架了一柄大油纸伞。——遮了雨，也加了麻烦。但是我们都很快乐，看到茁长的嫩芽，仿佛自己也该分得一份欣悦。而且在那里面，不尽只是些惹人怜爱的细芽，也有那强壮如小儿手臂的，顶开了泥土，头还埋在土中，等待一扬起，便要突长了许多。我们尽心地把它们放到最适宜的地方，要使它们能在这世上灿烂地开一朵花。

记得有几株大麻，曾费了我们许多时候，那是因为它们的根很深地一直钻到土中。不能伤了它，伤了便要死的。好容易移妥当了，到太阳一出，便萎在地上，像再也不能生长。我们只得忙乱地设法遮住了太阳，浇上更多的水——到夏日一纸窗美丽枫叶样的摇曳不定的影子，就想到我们的苦心，并不是没有着落的。

为了培刨泥土，被瓦砾割伤了手指的事也有过，而每日近晚时分，汲引井水来浇灌，也总要流许多汗的。曾经为了要一面篱笆的牵牛花、美国豆，便三个人忙碌到半夜三点钟的事也有过，但是终于为夏天的狂风暴雨所吹倒，把一架的红花白花都委之泥土。

几株桃南瓜，还是一个朋友辛苦地从城外带来的，便种在窗下，只草草地用几根绳引着瓜蔓攀上来。只是叶子还没有什么，到了开花结瓜，就使我们十分惊异了，再过些时则使我们忧心，因为早生的渐渐大了，新生的东也是西也是，细绳显然要禁不起这个负担，费许多心，才又加了几条铅绳，到秋日摘取的时节，像样点的都为友人刻了字，预定相赠，留下的都是不成材的，也不到三五个。

可是我们并不气恼，把花朵和果实都为人取去我们也不会伤心，我们是得着生长的朝气。一想到在这院落里，每一刻它们都向上生长，心中自然就充满喜悦。所以每个早晨，穿了木屐在院落中散步，看看这边，看看那边，有新的枝叶新的花朵新的果实长出来了，便会像孩子一样地跳着叫："来看呀，又长了许多，真好呵！"

而今住在这样的一个城里，看不见泥土，闻不见在空中飘来的花香。花草只生长在小小的盆里，在暖室和精舍中，作为一点点缀。成为我每日梦想的仍是一个院落，我要忙碌自己，由自己的手培植些花花草草，要它们到这世界上来，要这世界为这充塞着的生长的力量所改易。要投下去的每颗种子，都能生芽开花，结出美丽硕大的果子。

叩　门

茅　盾

答，答，答！

我从梦中跳醒来。

——有谁在叩我的门？我迷惘地这么想。我侧耳静听。声音没有了。头上的电灯洒一些淡黄的光在我的惺忪的脸上。纸窗和帐子依然是那么沉静。

我翻了个身，朦胧地又将入梦，突然那声音又将我唤醒。在答，答的小响外，这次我又听得了呼——呼——的巨声。是北风的怒吼吧？抑是“人”的觉醒？我不能决定。但是我的血沸腾。我似乎已经飞出了房间，跨在北风的颈上，砉然驱驰于长空！

然而巨声却又模糊了，低微了，消失了；蜕化下来的只是一段寂寞的虚空。

——只因为是虚空，所以才有那样的巨声呢！我哑然失笑，明白我是受了哄。

我睁大了眼，紧裹在沉思中。许多面孔，错落地在我眼前跳舞；许多人声，嘈杂地在我耳边争讼。蓦地一切都寂灭，依然是那答，答，答的小声从窗边传来，像有人在叩门。

“是谁呢？有什么事？”

我不耐烦地呼喊了。但是没有回音。

我捻灭了电灯。窗外是青色的天空闪耀着几点寒星。这样的夜半，该不会有什么人来叩门，我想；而且果真是有什么人呀，那也一定是妄人：这样唤醒了人，却没有回音。

但是打断了我的感想，现在门外是殷殷然有些像雷鸣。自然不是蚊雷。蚊子的确还有，可是躲在暗角里，早失却了成雷的气势。我也明知道不是真雷，那在目前也还是太早。我在被窝内翻了个身，把左耳朵贴在枕头上，心里疑惑这殷殷然的声音只是我的耳朵的自鸣。然而忽地，又是——

答，答，答！

这第三次的叩声，在冷空气中扩散开来，格外的响，颇带些凄厉的气氛。我无论如何再耐不住了，我跳起身来，拉开了门往外望。

什么也没有。镰刀形的月亮在门前池中送出冷冷的微光，池畔的一排樱树，裸露在凝冻了的空气中，轻轻地颤着。

什么也没有，只一条黑狗爬在门口，侧着头，像是在那里偷听什么，现在是很害羞似的垂了头，慢慢地挨到檐前的地板下，把嘴巴藏在毛茸茸的颈间，缩做了一堆。

我暂时可怜这灰色的畜生，虽然一个忿忿的怒斥掠过我的脑膜：

是你这工于吠声吠影的东西，丑人作怪似的惊醒了人，却只给人们一个空虚！

卖书

郭沫若

我平生受了文学的纠缠，我弃它也不知道弃过多少次数了。我小的时候便喜欢读《楚辞》《庄子》《史记》《唐诗》，但在民国二年出省的时候，我便全盘把它们丢了。民国三年的正月我初到日本来的时候，只带着一部《文选》，这是二年的年底在北京琉璃厂的旧书店里买的了。走的时候本也想丢掉它，是我大哥劝我，终竟没有把它丢掉。但我在日本的起初的一两年，它在我的笥里还没有取出过的呢。

在日本住久了，文学的趣味不知不觉之间又抬起头来，我在高等学校快要毕业的时候，又收集了不少的中外的文学书籍了。

那是民国七年的初夏，我从冈山的第六高等学校毕了业，以后是要进医科大学的了。我决心要专精于医学的研究，文学的书籍又不能不和它们断缘了。

我起了决心，又先后把我贫弱的藏书送给了友人们，明天便是我永远离开冈山的时候了。剩着《庾子山全集》和《陶渊明全集》两书还在我的手里。这两部书我实在是不忍丢去，但我又不能不把它们丢去。这两部书和科学的精神尤为是不相投合的呢。那时候我因为手里没有多少钱，便想把这两位诗人拿去拍卖。我想日本人是比较尊重汉籍的，这两部书也比较珍奇，在书店里或者可以多卖些价格。

那是晚上，天在落雨。我打起一把雨伞向冈山市上走去。走到了一家书店，我进去问了一声。我说："我有几本中国书……"

话还没有说完，坐店的一位年青的日本人怀着两只手粗暴地反问着我："你有几本中国书？怎么样？"

我说："想让给你。"

"哼"，这从鼻孔里哼了一声，又把下颚向店外指了一下："你去看看招牌罢，我不是买旧书的人！"说着把头一掉便顾自去做他的事情去了。

我碰了这样一个大钉子，失悔得什么似的，心里又是恼恨。这位书贾太不把人当人了，我就偶尔把招牌看错，也犯不着以这样侮慢的态度待我！我抱着书仍旧回我的寓所去。路从冈山图书馆经过的时候，我突然对于它生出无限的惜别意来。这儿是使我认识了斯宾塞、泰戈尔、凯波、歌德、海涅、尼采诸人的地方，我的青年时代的一部分是埋葬在这儿的了。我便想把我肘下挟着的两部书寄付在这儿。我一起了决心，便把书抱进馆去。那时因为下雨，馆里看书的没有一个人。我向着一位馆员交涉了，说我愿寄付两部书。馆员说：馆长回去了，叫我明天再来。我觉得这是再好没有的，便把书交给了馆员，诿说明天再来，便各自走了。

啊，我平生没有遇着过这样快心的事情。我把书寄付了之后，觉得心里非常的恬静，非常的轻灵，雨伞上滴落着的雨点声都带着音乐的谐调，赤足上蹴触着的行潦也觉得非常爽腻。啊，那爽腻的感觉！我想就是耶稣的脚上受着Magdalen用香油涂布时的感觉，也不过是这样罢？这样的感觉，我到现在也还能记忆，但是已经隔了六年了。

自从把书寄付后的第二天我便离去了冈山，我在那天不消说是没有往图书馆里去过，六年以来，我坐火车虽然前前后后地经过了冈山五六次，但都没有机会下车。在冈山的三年间的生活的回忆是时常在我脑中苏活着的；但我恐怕永没有重到那儿的希望了罢？

呵，那儿有我和芳坞同过学的学校，那儿有我和晓芙同栖的小屋，那儿有我时常去登临的操山，那儿有我时常弄过舟的旭川，那儿有我每朝清晨上学，每晚放学回家，必然通过的清丽的后乐园，那儿有过一位最后送我上车的处女，这些都是使我永远不能忘怀的地方，但我现在最初想到的是我那庾子山集和陶渊明集的两部书呀！我那两部书不知道果安然寄放在图书馆里没有？无名氏的寄付，未经馆长的过目，不知道究竟遭了登录没有？看那样的书籍的人，我怕近代的日本人中终竟少有罢？即使遭了登录，我想来定被置诸高阁，或者是被蠹蛀食了？啊，但是哟，我的庾子山！我的陶渊明！我的旧友们哟！你们莫要怨我的抛撇，你们也莫要怨知音的寥落罢！我虽然把你们抛撇了，但我到了现在也还在镂心刻骨地思念你们。你们即使不遇知音，但假如在图书馆中健存，也比落在贪婪的书贾手中经过一道铜臭的烙印的，总还要幸福些罢？

啊，我的庾子山！我的陶渊明！旧友们哟！现在已是夜深，也是正在下雨的时候，我寄居在这儿的山中，也和你们冷藏在图书馆里一样的呢。但我想起六年前和你们别离的那个幸福的晚上，我觉得我也是不曾虚度此生了，我现在也还要希望什么呢？也还要希望什么呢？

啊，我现在的身体比从前更加不好了，新添了三个儿子已渐渐长大了起来，生活的严威紧逼着我，我不知道能够看着他们长到几时。但我要把他们养大，送到社会上去做个好人，也是我生了他们的一番责任呢。我在今世假使没有重到冈山来看望你们的时候，我死后的遗言，定要叫我的儿子们便道来看望。你们的生命是比我长久的，我的骨化成灰，肉化成泥时，我的神魂是借着你们永生。

宴之趣

郑振铎

虽然是冬天，天气却并不怎么冷，雨点淅淅沥沥地滴个不已，灰色云是弥漫着；火炉的火是熄下了，在这样的秋天似的天气中，生了火炉未免是过于燠暖了。家里一个人也没有，他们都出外“应酬”去了。独自在这样的房里坐着，读书的兴趣也引不起，偶然地把早晨的日报翻着，翻着，看看它的广告，忽然想起去看《The Merry Widow》吧，于是独自上了电车，到派克路跳下了。

在黑漆的影戏院中，乐队悠扬地奏着乐，白幕上的黑影，坐着，立着，追着，哭着，笑着，愁着，怒着，恋着，失望着，决斗着，那还不是那一套，他们写了又写，演了又演的那一套故事。

但至少，我是把一句话记住在心上了：

“有多少次，我是饿着肚子从晚餐席上跑开了。”

这是一句隽妙无比的名句，借来形容我们宴会无虚日的交际社会，真是很确切的。

每一个商人，每一个官僚，每一个略略交际广些的人，差不多他们的每一个黄昏，都是消磨在酒楼菜馆之中的。有的时候，一个黄昏要赶着去赴三四处的宴会。这些忙碌的交际者真是妓女一样，在这里坐一坐，就走开了，又赶到另一个地方去了，在那一个地方又只略坐一坐，又赶到再一个地方去了。他们的肚子定是不会饱的，我想。有几个这样的交际者，当酒阑灯榭，应酬完毕之后，定是回到家中，叫底下人烧了稀饭来填补空肠的。

我们在广漠繁华的上海，简直是一个村气十足的“乡下人”；我们住的是乡下，到“上海”去一趟是不容易的，我们过的是乡间的生活，一月中难得有几个黄昏是在“应酬”场中度过的。有许多人也许要说我们是“孤介”，那是很清高的一个名词，但我们实在不是如此，我们不过是不惯征逐于酒肉之场，始终保持着不大见世面的“乡下人”的色彩而已。

偶然的有几次，承一二个朋友的好意，邀请我们去赴宴。在座的至多只有三四个熟人，那一半生客，还要主人介绍或自己去请教尊姓大名，或交换名片，把应有的初见面的应酬的话讷讷地说完了之后，便默默地相对无言了。说的话都不是有着落，都不是从心里发出的；泛泛的，是几个音声，由喉咙头溜到口外的而已。过后自己想起那样的敷衍的对话，未免要为之失笑。如此的，说是一个黄昏在繁灯絮语之宴席上度过了，然而那是如何没有生趣的一个黄昏呀！

有几次，席上的生客太多了，除了主人之外，没有一个是认识的；请教了姓名之后，也随即忘记了。除了和主人说几句话之外，简直无从和他们谈起。不晓得他们是什么行业，不晓得他们是什么性质的人，有话在口头也不敢随意地高谈起来。那一席宴，真是如坐针毡；精美的羹菜，一碗碗地捧上来，也不知是什么味儿。终于忍不住了，只好向主人撒一个谎，说身体不大好过，或说是还有应酬，一定要去的。——如果在谣言很多的这几天当然是更好托辞了，说我怕戒严提早，要被留在华界之外——虽然这是无礼貌的，不大应该的，虽然主人是照例殷勤的留着，然而我却不顾一切地不得不走了。这个黄昏实在是太难挨得过去了！回到家里以后，买了一碗稀饭，即使只有一小盏萝卜干下稀饭，反而觉得舒畅，有意味。

如果有什么友人做喜事，或寿事，在某某花园，某某旅社的大厅里，大张旗鼓地宴客，不幸我们是被邀请了，更不幸我们是太熟的友人，不能不到，也不能道完了喜或拜完了寿，立刻就托辞溜走的，于是这又是一个可怕的黄昏。常常张大了两眼，在寻找熟人，好容易找到了，一定要紧紧地和他们挤在一起，不敢失散。到了座席时，便至少有两三人在一块儿可以谈谈了，不至于一个人独自地局促在一群生面孔的人当中，惶恐而且空虚。当我们两三个人在津津地谈着自己的事时，偶然抬起眼来看着对面的一个坐客，他是凄然无侣地坐着；大家酒杯举了，他也举着；菜来了，一个人说："请，请，"同时把牙箸伸到盘边，他也说，"请，请，"也同样地把牙箸伸出。除了吃菜之外，他没有目的，菜完了，他便局促地独坐着。我们见了他，总要代他难过，然而他终于能够终了席方才起身离座。

宴会之趣味如果仅是这样的，那么，我们将诅咒那第一个发明请客的人；喝酒的趣味如果仅是这样的，那么，我们也将打倒杜康与狄奥尼修士了。

然而又有的宴会却幸而并不是这样的；我们也还有别的可以引起喝酒的趣味的环境。

独酌，据说，那是很有意思的。我少时，常见祖父一个人执了一把锡的酒壶，把黄色的酒倒在白磁小杯里，举了杯独酌着；喝了一小口，真正一小口，便放下了，又拿起筷子来夹菜。因此，他食得很慢，大家的饭碗和筷子都已放下了，且已离座了，而他却还在举着酒杯，不匆不忙地喝着。他的吃饭，尚在一个半点钟之后呢。而他喝着酒，颜微酡着，常常叫道："孩子，来。"而我们便到了他的跟前。他夹了一块只有他独享着的菜蔬放在我们口中，问道："好吃么？"我们往往以点点头答之，在孙男与孙女中，他特别地喜欢我，叫我前去的时候尤多。常常的，他把有了短髭的嘴吻着我的面颊，微微有些刺痛，而他的酒气从他的口鼻中直喷出来。这是使我很难受的。

这样的，他消磨过了一个中午和一个黄昏。天天都是如此。我没有享受过这样的乐趣。然而回想起来，似乎他那时是非常的高兴，他是陶醉着，为快乐的雾所围着，似乎他的沉重的忧郁都从心上移开了，这里便是他的整个世界，而整个世界也便是他的。

别一个宴之趣，是我们近几年所常常贪略到的，那就是集合了好几个无所不谈的朋友，全座没有一个生面孔，在随意地喝着酒，吃着菜，上天下地地谈着。有时说着很轻妙的话，说着很可发笑的话，有时是如火如剑的激动的话，有时是深切的论学谈艺的话，有时是随意的取笑着，有时是面红耳热地争辩着，有时是高妙的理想在我们的谈锋上触着，有时是恋爱的遇合与家庭的与个人的身世使我们谈个不休。每个人都把他的心胸赤裸裸地袒开了，每个人都把他的向来不肯给人看的面孔显露出来了；每个人都谈着，谈着，谈着，只有更兴奋地谈着，毫不觉得“疲倦”是怎么一个样子。酒是喝得干了，菜是已经没有了，而他们却还是谈着，谈着，谈着。那个地方，即使是很喧闹的，很湫狭的，向来所不愿意多坐的，而这时大家却都忘记了这些事，只是谈着，谈着，谈着，没有一个人愿意先说起告别的话。要不是为了戒严或家庭的命令，竟不会有人想走开的。虽然这些闲谈都是琐屑之至的，都是无意味的，而我们却已在其间得到宴之趣了——其实在这些闲谈中，我们是时时可发现许多珠宝的；大家都互相地受着影响，大家都更进一步了解他的同伴，大家都可以从那里得到些教益与利益。

“再喝一杯，只要一杯，一杯。”

“不，不能喝了，实在的。”

不会喝酒的人每每这样地被强迫着而喝了过量的酒。面部红红的，映在灯光之下，是向来所未有的壮美的丰采。

“圣陶，干一杯，干一杯。”我往往地举起杯来对着他说，我是很喜欢一口一杯地喝酒的。

“慢慢地，不要这样快，喝酒的趣味，在于一小口一小口地喝，不在于‘干杯’。”圣陶反抗似的说，然而终于他是一口干了，一杯又是一杯。

连不会喝酒的愈之，雁冰，有时，竟也被我们强迫的干了一杯。于是大家哄然地大笑，是发出于心之绝底的笑。

再有，佳年好节，合家团团地坐在一桌上，放了十几双的红漆筷子，连不在家中的人也都放着一双筷子，都排着一个座位。小孩子笑孜孜地闹着吵着，母亲和祖母温和地笑着，妻子忙碌着，指挥着厨房中厅堂中仆人们的做菜，端菜，那也是特有一种融融泄泄的乐趣，为孤独者所妒羡不止的，虽然并没有和同伴们同在时那样的宴之趣。

还有，一对恋人独自在酒店的密室中晚餐；还有，从戏院中偕了妻子出来，同登酒楼喝一二杯酒；还有，伴着祖母或母亲在熊熊的炉火旁边，放了几盏小菜，闲吃着宵夜的酒，那都是使身临其境的人心醉神怡的。

宴之趣是如此的不同呀！

囚绿记

陆　蠡

这是去年夏间的事情。

我住在北平的一家公寓里。我占据着高广不过一丈的小房间，砖铺的潮湿的地面，纸糊的墙壁和天花板，两扇木格子嵌玻璃的窗，窗上有很灵巧的纸卷帘，这在南方是少见的。

窗是朝东的。北方的夏季天亮得快，早晨五点钟左右太阳便照进我的小屋，把可畏的光线射个满室，直到十一点半才退出、令人感到炎热。这公寓里还有几间空房子，我原有选择的自由的，但我终于选定了这朝东房间，我怀着喜悦而满足的心情占有它，那是有一个小小理由。

这房间靠南的墙壁上，有一个小圆窗，直径一尺左右。窗是圆的，却嵌着一块六角形的玻璃，并且左下角是打碎了，留下一个大孔隙，手可以随意伸进伸出。圆窗外面长着常春藤。当太阳照过它繁密的枝叶，透到我房里来的时候，便有一片绿影。我便是欢喜这片绿影才选定这房间的。当公寓里的伙计替我提了随身小提箱，领我到这房间来的时候，我瞥见这绿影，感觉到一种喜悦，便毫不犹疑地决定下来，这样了截爽直使公寓里伙计都惊奇了。

绿色是多宝贵的啊！它是生命，它是希望，它是慰安，它是快乐。我怀念着绿色把我的心等焦了。我欢喜看水白，我欢喜看草绿。我疲累于灰暗的都市的天空和黄漠的平原，我怀念着绿色，如同涸辙的鱼盼等着雨水！我急不暇择的心情即使一枝之绿也视同至宝。当我在这小房中安顿下来，我移徙小台子到圆窗下，让我的面朝墙壁和小窗。门虽是常开着，可没人来打扰我，因为在这古城中我是孤独而陌生。但我并不感到孤独。我忘记了困倦的旅程和已往的许多不快的记忆。我望着这小圆洞，绿叶和我对语。我了解自然无声的语言，正如它了解我的语言一样。

我快活地坐在我的窗前。度过了一个月，两个月，我留恋于这片绿色。我开始了解渡越沙漠者望见绿洲的欢喜，我开始了解航海的冒险家望见海面飘来花草的茎叶的欢喜。人是在自然中生长的，绿是自然的颜色。

我天天望着窗口常春藤的生长。看它怎样伸开柔软的卷须，攀住一根缘引它的绳索，或一茎枯枝；看它怎样舒开折叠着的嫩叶，渐渐变青，渐渐变老，我细细观赏它纤细的脉络，嫩芽，我以揠苗助长的心情，巴不得它长得快，长得茂绿。下雨的时候，我爱它淅沥的声音，婆娑的摆舞。

忽然有一种自私的念头触动了我。我从破碎的窗口伸出手去，把两枝浆液丰富的柔条牵进我的屋子里来，教它伸长到我的书案上，让绿色和我更接近，更亲密。我拿绿色来装饰我这简陋的房间，装饰我过于抑郁的心情。我要借绿色来比喻葱茏的爱和幸福，我要借绿色来比喻猗郁的年华。我囚住这绿色如同幽囚一只小鸟，要它为我作无声的歌唱。

绿的枝条悬垂在我的案前了，它依旧伸长，依旧攀缘，依旧舒放，并且比在外边长得更快。我好像发现了一种“生的欢喜”，超过了任何种的喜悦。从前我有个时候，住在乡间的一所草屋里，地面是新铺的泥土，未除净的草根在我的床下茁出嫩绿的芽苗，蕈菌在地角上生长，我不忍加以剪除。后来一个友人一边说一边笑，替我拔去这些野草，我心里还引为可惜，倒怪他多事似的。

可是每天早晨，我起来观看这被幽囚的“绿友”时，它的尖端总朝着窗外的方向。甚至于一枚细叶，一茎卷须，都朝原来的方向。植物是多固执啊！它不了解我对它的爱抚，我对它的善意。我为了这永远向着阳光生长的植物不快，因为它损害了我的自尊心。可是我囚系住它，仍旧让柔弱的枝叶垂在我的案前。

它渐渐失去了青苍的颜色，变得柔绿，变成嫩黄，枝条变成细瘦，变成娇弱，好像病了的孩子。我渐渐不能原谅我自己的过失，把天空底下的植物移锁到暗黑的室内；我渐渐为这病损的枝叶可怜，虽则我恼怒它的固执，无亲热，我仍旧不放走它。魔念在我心中生长了。

我原是打算七月尾就回南方去的。我计算着我的归期，计算这

“绿囚”出牢的日子。在我离开的时候，便是它恢复自由的时候。

卢沟桥事件发生了。担心我的朋友电催我赶速南归。我不得不变更我的计划，在七月中旬，不能再留连于烽烟四逼中的旧都，火车已经断了数天，我每日须得留心开车的消息。终于在一天早晨候到了。临行时我珍重地开释了这永不屈服于黑暗的囚人。我把瘦黄的枝叶放在原来的位置上，向它致诚意的祝福，愿它繁茂苍绿。

离开北平一年了。我怀念着我的圆窗和绿友。有一天，得重和它们见面的时候，会和我面生么？

一起长大的玩具

金　波

泥泥狗

忘记了是在哪一年的庙会上，看到了一种通体漆黑的泥玩具，形状像狗，又像猴，有的像独角兽，有的像九头燕，奇禽怪兽，多得是，我一时看得眼花缭乱。

据卖货人说，这些泥玩具统称“泥泥狗”。我们小孩子很喜欢这个名字，叫起来亲切，容易记。

最招人喜欢的是这些泥泥狗，个个都带哨子，一吹就响。这些哨子，有的安在嘴巴上，有的安在尾巴上，有的安在屁股上。

那哨子发出的声响，尖细、高亢，在嘈杂的庙会上，声震屋瓦，响彻云霄。

泥泥狗的色彩，也是极为独特的，在众多的泥玩具里，一眼就能发现它。因为只有它，是在乌黑的底色上勾画出大红、大绿、雪白、浅黄的彩绘。

也许那时候，我的年岁太小，只知道吹哨子最好玩，对于泥泥狗的色彩和造型，并不那么在意。

但是，我还记得，有一天晚上，我对泥泥狗有了新的发现。在摇曳的烛光里，泥泥狗忽然变得神秘莫测，我发现在泥泥狗身上，一定有比吹哨子更有趣的事情。

我伏在桌子上仔仔细细地端详着。

此时，我才看清楚，站在我眼前的，原来是一只猫和猴的连体，猫在前，猴在后，猫拉着猴。从猫的神态上可以看出，它在用力拉着，双目圆睁，张大嘴巴，作喘息状；那只猴子呢，却安闲地倚靠在猫的身上，等着猫来拉它。

在烛光里，泥泥狗的色彩虽然添了几分朦胧的意味，但显得更加神秘，那黄色的眼睑，衬托得眼睛格外有神。粉红的、黄的、绿的线条，似乎在身上流动着，尤其那布满全身的作放射状的白线、白点，更是鲜明地显示着“猫拉猴”的动感。

猫为什么要拉猴？它们从哪里来？到哪里去？故事的结局是什么？我沉浸在古老的神话里。

直到今天，泥泥狗带给我的那种如梦如幻的感觉还没有消失。

抽陀螺

“杨柳活，抽陀螺。”这是我童年时学过的一首童谣中的两句，说的是初春时节，孩子们常常玩的一种游戏。

陀螺，是一种很简单的玩具，小孩子们自己都可以制作。找一块木头，削成一寸多高、直径也一寸多的圆柱形，再把下端削尖，尖端安一粒滚珠，陀螺就算做成了，再做一根鞭子，就可以玩起来。

玩的时候，先得用鞭梢一圈一圈缠住陀螺的腰身，然后直放在地上，用指轻轻按住陀螺顶端，用力一拉鞭绳，陀螺就在地上旋转起来，再用鞭子不断地抽打，越抽转得越快。

为了让陀螺转得更轻快，我们常到冰上去玩。鞭梢儿噼啪噼啪响，陀螺滴溜滴溜转。尽管春寒料峭，谁也不觉得冷，倒是常常玩得满头大汗。

在我的印象中，抽陀螺似乎是男孩子的游戏。现在想起来，大约是因为这种游戏刺激性较强，你必须一下一下地抽打，它才转；稍一怠慢，它就会东倒西歪。

抽陀螺，还可以玩得很有攻击性，方法是：几个人在一起，各自抽打自己的陀螺，常常是扬鞭猛抽一下，让自己的陀螺以极快的转速去撞击别人的陀螺，谁把别人的撞倒谁就是赢家。

有时候，大人们在一旁看着看着，也会走上前来，和我们一起抽它几鞭子。

兔儿爷

小白兔向来是孩子们的宠物，雪白的绒毛，通红的眼睛，尤其是温顺的性格，让我们格外爱怜。

每年中秋节，市面上除了卖月饼、水果、干果外，最引起我们孩子家兴趣的，就属泥塑兔儿爷了。

本是兔儿，偏以“爷”相称，这在别的动物中，绝无这种殊荣。“爷”字向来是与长辈、与威严连在一起的。在人间不说，单就诸神而论，我就知道有“灶王爷”“财神爷”；对这些“爷”们，需格外敬畏，以免招灾惹祸。

这兔儿爷，虽然也算得上广寒宫里的“神兔”，即使称得上“爷”，我们也并不惧怕它，相反，都觉得这兔儿爷和我们最平等、最亲近。每年的中秋节，都愿意“请”一尊兔儿爷来和我们玩耍。它带给我们的快乐，是别的玩具所不能代替的。

对兔儿爷的喜爱，除了源于对生活中真实小白兔的喜爱之外，还由于兔儿爷多了几分童话色彩。

兔儿爷的外貌就很奇特，兔脸儿，人身子，那样子格外引人遐想。

那时候，每逢买来一个兔儿爷，总是沉甸甸地抱在怀里，和它脸对脸地对视好久。兔儿爷的眼睛瞪得圆圆的，很有神。三瓣嘴儿闭得紧紧的，显得很严肃。脸蛋儿总是施着淡淡的胭脂，样子有些滑稽可笑。

兔儿爷的穿着打扮也很奇特，有的穿着大红袍，有的披着甲胄，有的背插令旗，样子很是威武。

兔儿爷可不是卧在那儿，而是骑着老虎，或者狮子，或者麒麟，好像随时准备出征，无往而不胜。

在我买到的众多的兔儿爷中，我最喜欢的是一种叫“呱嗒呱嗒嘴”兔儿爷。这种兔儿爷嘴唇会动，一动就发出“呱嗒呱嗒”的响声。原来有一根线连着嘴唇，从中空的身体里伸到脚下，用手一拽，嘴儿一张一合，就会发出声响。

说起兔儿爷，本是中秋祭月的象征；以兔代月，又是源于兔居月中捣药的神话。妇女拜月，供的是“月光码儿”，我们儿童效法妇女，供的是兔儿爷。对我们这些孩子来说，拜月是游戏，兔儿爷就成了我们的玩具了。

小时候，年年中秋节都要买一个兔儿爷。开始，由于年龄小，买个两三寸高的，随着年龄增长，买的兔儿爷也越来越大。我买过的兔儿爷，最大的有身高一尺的。

兔儿爷最大的有两三尺高。这么高的，我没买过，一来因为抱不动，二来也没地方摆。

已经好多年没见过兔儿爷了；如果现在有卖兔儿爷的，我一定买一个大个儿的。

我的母亲

邹韬奋

说起我的母亲，我只知道她是“浙江海宁查氏”，至今不知道她有什么名字！这件小事也可表示今昔时代的不同。现在的女子未出嫁的固然很“勇敢”地公开着她的名字，就是出嫁了的，也一样地公开着她的名字。不久以前，出嫁后的女子还大多数要在自己的姓上面加上丈夫的姓；通常人们的姓名只有三个字，嫁后女子的姓名往往有四个字。

在我年幼的时候，知道担任商务印书馆出版的《妇女杂志》笔政的朱胡彬夏，在当时算是有革命性的“前进的”女子了，她反抗了家里替她订的旧式婚姻，以致她的顽固的叔父宣言要用手枪打死她，但是她却仍在“胡”字上面加着一个“朱”字！近来的女子就有很多在嫁后仍只由自己的姓名，不加不减。这意义表示女子渐渐地有着她们自己的独立的地位，不是属于任何人所有的了。但是在我的母亲的时代，不但不能学“朱胡彬夏”的用法，简直根本就好像没有名字！我说“好像”，因为那时的女子也未尝没有名字，但在实际上似乎就用不着。

像我的母亲，我听见她的娘家的人们叫她作“十六小姐”，男家大家族里的人们叫她作“十四少奶”，后来我的父亲做官，人们便叫作“太太”，始终没有用她自己名字的机会！我觉得这种情形也可以暗示妇女在封建社会里所处处地位。

我的母亲在我十三岁的时候就去世了。我生的那一年是在九月里生的，她死的那一年是在五月里死的，所以我们母子两人在实际上相聚的时候只有十一年零九个月。我在这篇文里对于母亲的零星追忆，只是这十一年里的前尘影事。

我现在所能记得的最初对于母亲的印象，大约在两三岁的时候。我记得有一天夜里，我独自一人睡在床上，由梦里醒来，朦胧中睁开眼睛，模糊中看见由垂着的帐门射进来的微微的灯光。在这微微的灯光里瞥见一个青年妇人拉开帐门，微笑着把我抱起来。她嘴里叫我什么，并对我说了什么，现在都记不清了，只记得她把我负在她的背上，跑到一个灯光灿烂人影憧憧往来的大客厅里，走来走去“巡阅”着。大概是元宵吧，这大客厅里除有不少成人谈笑着外，有二三十个孩童提着各色各样的纸灯，里面燃着蜡烛，三五成群地跑着玩。我此时伏在母亲的背上，半醒半睡似的微张着眼看这个，望那个。那时我的父亲还在和祖父同住，过着“少爷”的生活。父亲有十来个弟兄，有好几个都结了婚，所以这大家族里看着这么多的孩子。母亲也做了这大家族里的一分子。她十五岁就出嫁，十六岁那年养我，这个时候才十七八岁。我由现在追想当时伏在她的背上睡眼惺忪所见着的她的容态，还感觉到她的活泼的欢悦的柔和的青春的美。我生平所见过的女子，我的母亲是最美的一个，就是当时伏在母亲背上的我，也能觉到在那个大客厅里许多妇女里面：没有一个及得到母亲的可爱。我现在想来，大概在我睡在房里的时候，母亲看见许多孩子玩灯热闹，便想起了我，也许蹑手蹑脚到我床前看了好几次，见我醒了，便负我出去一饱眼福。这是我对母亲最初的感觉，虽则在当时的幼稚脑袋里当然不知道什么叫作母爱。

后来祖父年老告退，父亲自己带着家眷在福州做候补官。我当时大概有了五六岁，比我小两岁的二弟已生了。家里除父亲母亲和这个小弟弟外，只有母亲由娘家带来的一个青年女仆，名叫妹仔。“做官”似乎怪好听，但是当时父亲赤手空拳出来做官，家里一贫如洗。

我还记得，父亲一天到晚不在家里，大概是到“官场”里“应酬”去了，家里没有米下锅；妹仔替我们到附近施米给穷人的一个大庙里去领“仓米”，要先在庙前人山人海里面拥挤着领到竹签，然后拿着竹签再从挤得水泄不通的人群中，带着粗布袋挤到里面去领米；母亲在家里横抱着哭涕着的二弟踱来踱去，我在旁坐在一只小椅上呆呆地望着母亲，当时不知道这就是穷的景象，只诧异着母亲的脸何以那样苍白，她那样静寂无语地好像有着满腔无处诉的心事。妹仔和母亲非常亲热，她们竟好像母女，共患难，直到母亲病得将死的时候，她还是不肯离开她，把孝女自居，寝食俱废地照顾着母亲。

母亲喜欢看小说，那些旧小说，她常常把所看的内容讲给妹仔听。她讲得娓娓动听，妹仔听着忽而笑容满面，忽而愁眉双锁。章回的长篇小说一下讲不完，妹仔就很不耐地等着母亲再看下去，看后再讲给她听。往往讲到孤女患难，或义妇含冤的凄惨的情形，她两人便都热泪盈眶，泪珠尽往颊上涌流着。那时的我立在旁边瞧着，莫名其妙，心里不明白她们为什么那样无缘无故地挥泪痛哭一顿，和在上面看到穷的景象一样地不明白其所以然。现在想来，才感觉到母亲的情感的丰富，并觉得她的讲故事能那样地感动着妹仔。如果母亲生在现在，有机会把自己造成一个教员，必可成为一个循循善诱的良师。

我六岁的时候，由父亲自己为我“发蒙”，读的是《三字经》，第一天上的课是“人之初，性本善；性相近，习相远。”一点儿莫名其妙！一个人坐在一个小客厅的炕床上“朗诵”了半天，苦不堪言！母亲觉得非请一位“西席”老夫子，总教不好，所以家里虽一贫如洗，情愿节衣缩食，把省下的钱请一位老夫子。说来可笑第一个请来的这位老夫子，每月束脩只需四块大洋（当然供膳宿），虽则这四块大洋，在母亲已是一件很费筹措的事情。我到十岁的时候，读的是“孟子见梁惠王”，教师的每月束脩已加到十二元，算增加了三倍。到年底的时候，父亲要“清算”我平日的功课，在夜里亲自听我背书，很严厉，桌上放着一根两指阔的竹板。我的背向着他立着背书，背不出的时候，他提一个字，就叫我回转身来把手掌展放在桌上，他拿起这根竹板很重地打下来。我吃了这一下苦头，痛是血肉的身体所无法避免的感觉，当然失声地哭了，但是还要忍住哭，回过身去再背。不幸又有一处中断，背不下去，经他再提一字，再打一下。呜呜咽咽地背着那位前世冤家的“见梁惠王”的“孟子”！

我自己呜咽着背，同时听得见坐在旁边缝纫着的母亲也唏唏嘘嘘地泪如泉涌地哭着。

我心里知道她见我被打，她也觉得好像刺心的痛苦，和我表着十二分的同情，但她却时时从呜咽着的断断续续的声音里勉强说着“打得好”！她的饮泣吞声，为的是爱她的儿子；勉强硬着头皮说声“打得好”，为的是希望她的儿子上进。由现在看来，这样的教育方法真是野蛮之至！但于我不敢怪我的母亲，因为那个时候就只有这样野蛮的教育法；如今想起母亲见我被打，陪着我一同哭，那样的母爱，仍然使我感念着我的慈爱的母亲。背完了半本“梁惠王”，右手掌打得发肿有半寸高，偷向灯光中一照，通亮，好像满肚子装着已成熟的丝的蚕身一样。母亲含着泪抱我上床，轻轻把被窝盖上，向我额上吻了几吻。

当我八岁的时候，二弟六岁，还有一个妹妹三岁。三个人的衣服鞋袜，没有一件不是母亲自己做的。她还时常收到一些外面的女红来做，所以很忙。我在七八岁时，看见母亲那样辛苦，心里已知道感觉不安。记得有一个夏天的深夜，我忽然从睡梦中醒了起来，因为我的床背就紧接着母亲的床背，所以从帐里望得见母亲独自一人在灯下做鞋底，我心里又想起母亲的劳苦，辗转反侧睡不着，很想起来陪陪母亲。但是小孩子深夜不好好地睡，是要受到大人的责备的，就说是要起来陪陪母亲，一定也要被申斥几句，万不会被准许的（这至少是当时我的心理），于是想出一个借口来试试看，便叫声母亲，说太热睡不着，要起来坐一会儿。出乎我意料，母亲居然许我起来坐在她的身边。我眼巴巴地望着她额上的汗珠往下流，手上一针不停地做着布鞋——做给我穿的。这时万籁俱寂，只听到滴答的钟声，和可以微闻得到的母亲的呼吸。我心里暗自想念着，为着我要穿鞋，累母亲深夜工作不休，心上感到说不出的歉疚，又感到坐着陪陪母亲，似乎可以减轻些心里的不安成分。当时一肚子里充满着这些心事，却不敢对母亲说出一句。才坐了一会儿，又被母亲赶上床去睡觉，她说小孩子不好好地睡，起来干什么！现在我的母亲不在了，她始终不知道她这个小儿子心里有过这样的一段不敢说出的心理状态。

母亲死的时候才二十九岁，留下了三男三女。在临终的那一夜，她神志非常清楚，忍泪叫着一个一个子女嘱咐一番。她临去最舍不得的就是她这一群的子女。

我的母亲只是一个平凡的母亲，但是我觉得她的可爱的性格，她的努力的精神，她的能干的才具，都埋没在封建社会的一个家族里，都葬送在没有什么意义的事务上，否则她一定可以成为社会上一个更有贡献的分子。我也觉得，像我的母亲这样被埋没葬送掉的女子不知有多少！

秦嫂子

吴组缃

到家的那天晚上，没有看见秦嫂子出来和我啰唣，心里很是纳罕。问起家里人，说她已经死了；死得真离奇，说是在田塍上看黄豆，给人用石头打死的。

秦嫂子是前年到我家帮工的。那时门牙已经落掉四五个。黝黄的瘦脸上挤满很深的皱褶，数茎黄茅草似的头发，远远就看得见发缝里的皮肉。看样子，已是个五六十岁的老婆婆了。母亲从前和她熟识，但乍见面却不认得。只因她是个“倒毛眼”，一根绵线终年扣在眉毛下，把上眼皮扣得向外翻转来，瞪出两只干枯红涩的眼睛，样子叫人看了觉得怪难受的。由于这个特点，母亲才慢慢认出来。母亲惊讶地说：“算起来你也不过四十罢，怎么就老得变成这样了？”

秦嫂子把倒毛眼眨了两眨，两片皱褶的嘴唇扁得抽扯不过来，一种非常心酸的样子，哭巴巴地告诉母亲说，菩萨没眼睛，两年中，一家五口，死的死，散的散，只留下她一个人。

她丈夫是个泥水匠，说起来，我也认得的。那是一个忠厚的汉子：后脑上绕着一个辫子髻，终天只见他没由没缘地笑着。笑得又凄凉，又滑稽。父亲常常夸奖他的手艺，说他砌的墙挺直一条线，一点肚子也不露；说他墁的地砖又平正又密合。村上年轻一辈子的泥水匠能有这样好手艺的，简直没第二个。这都是从前的话，近年来村上的屋子只见拆，连修葺的事也少有，动兴土木自然更谈不上。他的好手艺也就渐渐湮没无闻了。记得大前年我上学校去，是他给我挑行李箱子的。多年没见他，他还是那副老神气：小小的辫子绕在后脑上，含着一种又凄凉又滑稽的笑。不过脸上额上加多了皱纹，眼眶四周尤其多，把一脸的笑容凑合得格外凄凉，格外滑稽了。我问他怎么改了行，干起挑担的营生了。问他一年赚得多少钱。他只是擤鼻涕，只是把鼻涕擦在手心上搓弄着，只是无由无缘地笑。记得他当时只说了一句话，说听说太史第八老爷今年秋天要回乡安葬老太爷，到时候一定是叫他做风水。

秦嫂子说他就是这年死的。他抬轿子到外埠去，回来的时候在路上遇到队伍，被队伍拉去当伕子。他没见过世面，看见队伍就像小鬼看见阎王，吓得只是抖。又惦记着家里没米了，惦记着八老爷的风水，一天夜里想溜逃，不凑巧，被队伍半路捉了回来。队伍里说，你抬轿也不过是挣钱，现在给我们挑东西，哪里就要你白费气力？你就要溜！说这事传出去了，会败坏他们队伍的名誉，非打一顿以儆效尤不可。这老实人本来就不大会说话；给那么一骂一吓，格外弄傻了，也不晓得求饶，也不晓得说好话。和他同逃的共有三个人，到头果真挨了打的却只他一个。说是用枪拐子打的，当时两条腿就站不起来。第二天还被逼着抵死走了五十里路。那是六月天，他又痛，又急，又害怕，走在半路上发了痧。……队伍看他实在走不动了，才给了两块钱放他回来。当天他想住饭店。饭店见他有病有伤，不肯留；走呢，又走不动。结果是用翻倒的竹床抬回来。病损的身肢被猛毒太阳一蒸晒，病上添了病。到家后卧床不起，昏迷不醒。一会儿喊兵老太爷饶饶我，一会儿跳起来要去给八老爷做风水。屎尿都不晓得说，拉得满床稀污烂臭的。临死的几天喊口里苦，呕吐许多绿的黄的肮脏水。有见识的人说这是吓破了胆的缘故。

丈夫死后，第二年春上一个五岁的小儿子患“羊毛斑”，三天就死了；大儿子二十岁，在一家砻坊里作店伙。那砻坊因为折了本，休歇了。儿子和几个同事邀伴，跑到外埠去，一去迄无下落。现在只留下一个十二岁的女儿，是给一个庄稼人作童养媳。

那时候她那病弱憔悴的样子，加上那一双怪难看的“倒毛眼”，使得大家都不喜欢她，然而母亲执意把她留下了。

她在我家帮工，很是勤快耐苦。只是有两点小毛病：一是喜欢缠着人唠唠叨叨地谈她丈夫，谈她儿子。把那些故事翻来覆去地谈着，一点也不厌烦琐。谈又谈不出什么新鲜花样来，老是那一套。正和鲁迅先生一节小说里所描写的那个不幸的祥林嫂的脾气差不多。二是逢时过节就要哭。有时偷偷摸摸跑到丈夫儿子坟上去，一哭就哭得不回来，还得家里打发人去劝她，拉她；有时躲在家里茅厕里，哭得一家人都是疑神疑鬼的。

这两点小毛病，使得家里人格外厌恶她，有时甚至连母亲也有点不耐烦。但这些事都和我不相干。另有一件事，却是叫我感到万分头痛的，那便是关于她的大儿子的事。这妇人不知她自己是怎么个想法，总以为所谓外埠，只是一块有限的极小极小的地方，在她心目中大约顶多像我们村子差不多大小吧。因此，她不时和我啰嗥。好比说，每次我要离家时，她就赶着制好几双鞋，一定要我把她儿子访问出来，把鞋带给他。告诉她说："你儿子我从来没看见过，他又没个正式名字，又不晓得在做什么事，那外埠纵然果真如你所想的那么小，我也是没处交代的。"说："鞋子还是莫带吧，我只能随时随地替你注点意，替你查问查问。那也是海里捞针，丝毫没把握的。"这浅显的道理不知怎么她就一点都不懂，一定要我带鞋子。

"大先生，积积德喂，做做好事喂。"她两手握在胸前扭动着，用一种不知所措的可怜样子哭巴巴地说："我只有这一个儿子喂。你可怜可怜我这个苦命的人喂。……"

接着就告诉我，她大毛子多么高，多么瘦，额头拐上有一块疤，是十岁时候爬树捉八哥跌坏的……她只顾说她的那一套，好像简直没听见我说了些什么。我没法说得她明白，只好如同做一件假事哄小孩子似的把鞋子带了去（自然又重复照原样带回来）。每次回到家，又够她啰嗥的。问我见她儿子没有？鞋子可合脚？还是胖了点，瘦了点？……她就这样自管自问下去，挺着两道难看的倒毛眼，非常兴奋，非常快乐，简直当她儿子毫无问题地已经被我找着了的一般。这事情真叫我没法对付。老实告诉她，你儿子我没法找得到呢，那她一定疑心我做事没真心，而且也一定使她大失所望，又够她哭几天嚷几天的。骗她说果然已经找着了，他在那里非常好，鞋子也合脚，百事都如意。那我这个谎该扯到几时才能完，将来又如何交代她呢？结果我还是只好支吾她，说我已托了许多熟识的人去打听，不久就会打听出一个眉目来的。

“是儿不死，是财不散。你放一百个心。一定找得到。包在大先生身上。”当她在茅厕里呜呜咽咽哭的时候，家里人就这样劝慰她。

平日和她走动的就是她的那个女儿，十二岁的那个童养媳。那小姑娘不是倒毛眼，样子倒伶俐。也许是她为小儿子死，大儿子逃，因此伤了心，把一肚子做娘的慈爱弄得没处摆放，就全都拿来放到这个女儿身上来。三天两天地去看她，不时问母亲要点穿的吃的拿去送给她。这一下可害苦了女儿！乡间做童养媳的，哪个把她当人看待？这几年庄稼人家，饭也没法吃得饱，都挣命抵死地熬日子，你只顾发泄你的母亲之爱，把女儿这样金枝玉叶地看待起来，那女儿怎么能安心把童养媳做下去，做到头？于是婆家不愿意了。说养媳妇被娘娇惯得不成体统了：成天在家里不肯做事，不肯吃苦，没碰上就要扁着嘴唇哭。有几次那小姑娘就真偷偷摸摸逃到娘身边来，扯着娘衣裳角，死也不肯再回婆家去。婆家来人说：“养媳妇不要了，还了你罢。你这位千金小姐我们这样人家配不上。刚好这两年我们一家也是九苦九难的熬日子，熬也没法熬得过，少一张嘴吃饭，我们巴不能够的。”秦嫂子急坏了，挺起两只枯涩的倒毛眼，十把鼻涕九把泪。大家帮着说说好话，才把女儿送回了婆家。婆家当着娘的面，把那小养媳妇吊到桑树上整了家法，答应从此母女不再走动。这是去年在家我眼见的事。

去年我由家动身时，她又新制了两双鞋（连同以前的四双了），亲眼守着我放到我的箱子里。叫我告诉她儿子，说娘在东家十分好，叫他放心，说娘已替他积下点钱，三五年后积多了，就可以给他娶媳妇。我自然只好满口答允。但的确有点嫌那四双鞋子累赘，偷偷地要把它除下来，不知怎么她看见了，忽然要对我下跪。哭哭啼啼地求我，说这次一定能找到，说算命先生给他掏了课是个“流连”课。“流连，流连，就在眼前。”说一定找得到。……

秦嫂子的死，要是把她的一生遭遇当作故事看，那似乎结束得太突兀。说是这样子的：秋天时候女儿的婆家因为年成不好，交不全田东家的田租，公公被押到区公所里，大伯子得了伤寒病。田塍上有黄豆没收割，不得不叫十二岁的女儿和九岁的小女婿去看守。秦嫂子晓得了，心疼两个孩子会害怕，每夜偷偷地去和女儿女婿做伴。一夜，两个孩子睡着了，田塍上悉悉索索地有响动。她只当是只偷黄豆的小野兽，就把衣裰里预备的石头掷过去，“咄啊！咄啊！”地赶。不想那小野兽一点也不怕，反倒越走越近。忽然，那野兽说话了：“娘的！干你的事！是你的豆！……”

她这才晓得不是野兽，而是一个贼，一个深悉底细的贼！她晓得不好了，忙着推醒了两个孩子，三个人尖着嗓子叫喊起来。在平时，只要一叫喊，家里的男子或是别家田塍上看守黄豆的人自然都一拥而至，那贼也就给捉住，或是吓跑了。然而这时候却叫天不应，呼地不理。那贼肆无忌惮地自管自一把把拔黄豆，而且骂着。她怕黄豆给偷了，女儿会背累，一时情急，不顾死活地撞过去，一把抓住了那个大胆的贼。两个人扭做一团打起来。等到两个孩子敲开邻舍的门，喊了人来时，秦嫂子倒在田塍里，有一口没一口地喘着气；那个贼已经无影无踪了。

秦嫂子是被石头打坏了。头部和胸口满是伤。而胸口受伤更甚。一口一口地吐着鲜血。家里替她请医生来开方子，吃了“阿胶”，又用“七厘散”“万应锭”搽服，都无效。挨了五六天就死了。说临死的时候还扳着指头计算我回家的日期，说这次我回来，她儿子准有下落了。

阿　芳

林语堂

我的书童倒的确是个“童子”，这不但由于等第的关系，也由于生理上的意义，他还是一个童子，然而却是一个能干的童子。我把他从一家烟火店里领出来的时候，他还只十五六岁。在他十八岁时，他的声音的变化使我想起那些在早晨学啼的雄鸡。可是在精神上他依旧是个孩子，他的稚气和他的才能形成了一种破坏家庭纪律的混合物，而我想树立起主人的尊严的企图也因此挫折了。

他很干练，我几乎不能没有他。可是在我的仆役中他却是一个最捣乱，最易健忘，而最不认真的人，在一星期中他打碎了全体仆役半年内打碎的碗、茶杯、酒杯的数目。他在厨房中很受人的重视，而且我们也因为他的才能不由得对他有些赞赏。这也许因为他当仆役有些可惜。从他半夜里斥责打来的电话的态度上，我相信他是可以成为一个富家少爷。他并不读英文，可是他能读（他已有许多事情使我惊异不已），所以我只叫他阿芳，因为这并不是他的名字。

我要说明一下，我究竟为了什么放任阿芳破坏家庭纪律，让他去干我不许旁的仆人干的事情。在他来我家之前，那些修理电铃电灯保险丝，整理抽水马桶的机件，悬挂画镜等事务都要我亲自动手的。自他来了以后，我都让他去弄了。我便可安心地读一下柏拉图的《共和国》，不会再被人喊去装修抽水马桶了。我可安心地写作，不会再听到厨房里喊出：“啊哟，自来水龙头漏了。”叫我去修了。我所得到的很足以够得上阿芳手下的损失。他的天才就在于能立刻想法修补各种机件，还在于能想出故事讲给孩子们听，让他们留在园子里不来打扰我。

我对他垂爱由于一次偶然的事情。自他第一天到我家后，他便注意到我的打字机。我每天还未起床的时候，他便要花二个钟点来打扫我的卧室，可是我知道他是在窃看着那架他生来首次见到的奇特的机器。在这时刻常会有异声从卧室里传来。打字机终于有一天不动了。我花了整整两个小时还修理不好。我斥责他的瞎撞，他也并不作答。下午我出去了，可是当我回家时，他安静地对我说：“少爷，机器修好了。”此后，我对他便另眼看待了。

有很多地方我是非他不可的。他能听电话，还能用英语、官话、上海话、安徽话或是厦门话同对方相骂。厦门话外省人是都没有勇气学习或没有运气学成的。我奇怪他如何学得这些英语短句，而读音又是那么的正确。这简直有什么神秘的东西存在于他本身和造物之间。他说“等一等”时，便说“Waiterminit”，不像一般中国大学生那样念成“Wai—t—a—meenyoo—t”。我叫他去念夜校，并且允许供给他三分之二的学费，可是他不要。我知道他不喜欢上学。

这也部分地说明了我对他宽容的原因。但他给我做了什么呢？我要他去买一罐擦铜油，他去了一个钟头，回来时替自己买了一双新鞋，给我孩子带来了一只蚱蜢，没有擦铜油。他天赋的不分工作和嬉戏。他收拾寝室会花去三个钟点，因为他会做工半停下来假装去收拾一下鸟笼，这又得花去一个钟点，或是下楼去跟新来的洗衣女仆厮混一会。“阿芳，你十八岁了，还不好好做事。”妻这样说。可是又有什么用呢？他打碎了碟子，甩坏了簇新的刀，把盘子丢在地上，让畚箕扫帚横在客室的中央，自己却跑出去捉蚱蜢去了。简直没有一套磁器完整的。当他急忙忙地端送我的早餐时，从厨房里能听到的声音是——砰——砰——哗啦。他从厨子那里接来了替我预备早餐的工作，据我猜想，是为了他高兴烧煎蛋。厨子也允许了他。

厨子是一个二十六岁的寡妇，和你在别处见到的一样的愚蠢丑陋。人有时会被这种人的温柔真挚而感动的。我还记得她喊阿芳名字时的声调。在一个夏天，我半夜里因天气闷热而醒来，听到他房里有私语声。他刚从庭中走入房中，那厨子也跟着他过去了！他们在私语着！我听得很清楚。可是接着便寂静无声。她已走入房中替他整理床铺了。这仅是近乎母爱的接触。

后来又新来了一个洗衣的婢女，厨房中的生活又将有什么变化了！新来婢女年纪二十一岁，愉快活泼，而她也喜欢阿芳。厨房中的调笑声不断产生着，工作弄得更糟了。笑声继续增大着，阿芳变成更无心工作了。收拾一间房子要花更多更长的时间。阿芳甚至每天早晨替我擦鞋的事也忘了。我对他说了一次，二次，三次，没有效验。最后我威吓他如果明天再忘记把鞋擦好，并在六时半左右放在我寝室门前，我便要把他辞了。我发了大怒，整天没跟他说话，我企图恢复家庭中的纪律。主人的话是必须遵守的。那天晚上临睡前，我又在那孩子、厨子和新来婢女面前重申了一次解雇的威胁。大家都好像吓坏了，厨子和新来婢女更是厉害。我相信他以后会遵守我的话了。

第二天早晨，我六时醒来，耐烦地等候着看我命令的效验。在六时二十分时，那新来婢女把鞋子送了来，不是那男孩。我觉得我被骗了。

“我是要阿芳拿的，怎样你拿来了呢？”我问。

“嗄，我正要上楼来，我顺便把它带了上来。”那婢女回答，甜蜜而且温柔。

“那他为什么不拿上来呢？是他叫你拿来的呢？还是你自己要拿来？”

“不，不，他没有要我拿。我自己拿来的。”

我知道她是在说谎。阿芳还睡着，可是她机敏地替阿芳遮掩，倒多少打动了我的心弦。所以我便让我的纪律败坏下去，我也不想知道厨房里在做些什么了。

邻　居

卢　隐

别了，繁华的闹市！当我们离开我们从前的住室门口的时候，恰恰是早晨七点钟。那耀眼的朝阳正照在电车线上，发出灿烂的金光，使人想象到不可忍受的闷热。而我们是搭上市外的电车，驰向那屋舍渐稀的郊野去；渐渐看见陂陀起伏的山上，林木葱茏，绿影婆娑，从竹上满缀着清晨的露珠，兀自向人闪动。一阵阵的野花香扑到脸上来，使人心神爽快。经过三十分钟，便到我们的目的地。

在许多整饬的矮墙里，几株姣艳的玫瑰迎风袅娜，经过这一带碧绿的矮墙南折，便看见那一座郁郁葱葱的松柏林，穿过树林，就是那些小巧精洁的日本式的房屋掩映于万绿丛中。微风吹拂，树影摩荡，明窗净几间，帘幔低垂，一种幽深静默的趣味，顿使人忘记这正是炎威犹存的残夏呢。

我沿着鹅卵石垒成的马路前进，走约百余步，便见斜刺里有一条窄窄的草径，两旁长满了红蓼白荻和狗尾草，草叶上朝露未干，沾衣皆湿。草底鸣虫唧唧，清脆可听。草径尽头一带竹篱，上面攀缘着牵牛茑萝，繁花如锦，清香醉人。就在竹篱内，有一所小小精舍，便是我们的新家了。淡黄色木质的墙壁、门窗和米黄色的地席，都是纤尘不染。我们将很简单的家具稍稍布置以后，便很安然地坐下谈天。似乎一个月以来奔波匆忙的心身，此刻才算是安定了。

但我们是怎么的没有受过操持家务的训练呵！虽是一个很简单的厨房，而在我这一切生疏的人看来，真够严重了。怎样煮饭——一碗米应放多少水，煮肉应当放些什么浇料呵！一切都不懂，只好凭想象力一件件地去尝试。这其中最大的难题是到后院井边去提水，老大的铅桶，满满一桶水真够累人的。我正在提着那亮晶晶发光的水桶不知所措的时候，忽见邻院门口走来一个身躯胖大、满面和气的日本女人——那正是我们头一次拜访的邻居胖太太——我们不知道她姓什么，可是我们赠送她这个绰号，总是很合适的吧。

她走到我们面前，向我们咕里咕噜说了几句日本话，我们是又聋又哑的外国人，简直一句也不懂，只有瞪着眼向她呆笑。后来她接过我手里的水桶，到井边满满地汲了一桶水，放在我们的新厨房里。她看见我们那些新买来的锅呀、碗呀，上面都微微沾了一点灰尘，她便自动地替我们一件一件洗干净了，又一件件安置得妥妥帖帖，然后她鞠着躬说声サセラナラ（再见）走了。

据说这位和气的邻居，对中国人特别有感情，她曾经帮中国人做过六七年的事，并且，她曾嫁过一个中国男人……不过人们谈到她的历史的时候，都带着一种猜度的神气，自然这似乎是一个比较神秘的人儿呢，但无论如何，她是我们的好邻居呵！

她自从认识我们以后，没事便时常过来串门。她来的时候，多半是先到厨房，遇见一堆用过的锅碗放在地板上，或水桶里的水用完了，她就不用吩咐地替我们洗碗打水。有时她还拿着些泡菜、辣椒粉之类零星物件送给我们。这种出乎我们意外的热诚，不禁使我有些赧然。

当我没有到日本以前，在天津大阪公司买船票时，有了一张八扣的优待券——那是由北平日本公使馆发出来的——同那个留着小胡子的卖票员捣了许久的麻烦。最后还是拿到天津日本领事馆的公函，他们这才照办了。而买票找钱的时候，只不过一角钱，那位含着狡狯面相的卖票员竟让我们等了半点多钟。当时我曾赌气牺牲这一角钱，头也不回地离开那里。他们这才似乎有些过不去，连忙喊住我们，从桌子的抽屉里拿出一角钱给我们。这样尖酸刻薄的行为，无处不表现岛国细民的小气。真给我一个永世不会忘记的坏印象。

乃至我上了长城丸（日本船名）时，那两个日本茶房也似乎带着些欺侮人的神气。比如开饭的时候，他们总先给日本人开，然后才轮到中国人。至于那些同渡的日本人，有几个男人嘴脸之间时时表现着夜郎自大的气概——自然也由于我国人太不争气的缘故——那些日本女人呢，个个对于男人低首下心，柔顺如一只小羊。这虽然惹不起我们对她们的愤慨，却使我们有些伤心，“世界上最没有个性的女性呵，你们为什么情愿做男子的奴隶和傀儡呢”！我不禁大声地喊着，可惜他们不懂我的话，大约以为我是个疯子吧。

总之我对于日本人从来没有好感，豺狼虎豹怎样凶狠恶毒，你们是想象得出来的，而我也同样地想象那些日本人呢。

但是不久我便到了东京，并且在东京住了两个礼拜了。我就觉得我太没出息——心眼儿太窄狭，日本人——在我们中国横行的日本人，当然有些可恨，然而在东京我曾遇见过极和蔼忠诚的日本人，他们对我们客气，有礼貌，而且极热心地帮忙，的确的，他们对待一个异国人，实在比我们更有理智更富于同情些。至于做生意的人，无论大小买卖，都是言不二价，童叟无欺，——现在又遇到我们的邻居胖太太，那种慈和忠实的行为，更使我惭愧我的小心眼了。

我们的可爱的邻居，每天当我们煮饭的时候，她就出现在我们的厨房门口。

“奥サン（太太）要水吗？”柔和而熟习的声音每次都激动我对她的感愧。她是怎样无私的人儿呢！有一天晚上，我从街上回来，穿着一件淡青色的绸衫，因为时间已晏，忙着煮饭，也顾不得换衣服，同时又怕弄脏了绸衫，我就找了一块白包袱权作围裙，胡乱地扎在身上，当然这是有些不舒服的。正在这时候，我们的邻居来了。她见了我这种怪样，连忙跑到她自己房里，拿出一件她穿着过于窄小的白围裙送给我，她说：“我现在胖了，不能穿这围裙，送给你很好。”她说时，就亲自替我穿上，前后端详了一阵，含笑学着中国话道：“很好！很好！”

她胖大的身影，穿过遮住前面房屋的树丛，渐渐地看不见了。

而我手里拿着炒菜的勺子，竟怔怔地如同失了魂。唉!我接受了她的礼物，竟忘记向她道谢，因为我接受了她的比衣服更可宝贵的仁爱，将我惊吓住了，我深自忏悔，我知道世界上的人类除了一部分为利欲所沉溺的以外，都有着丰富的同情和纯洁的友谊,人类的大部分毕竟是可爱的呵!

我们的邻居，她再也想不到她在一些琐碎的小事中给了我偌大的启示吧。愿以我的至诚向她祝福!

两法师

叶圣陶

在到功德林去会见弘一法师的路上，怀着似乎从来不曾有过的洁净的心情；也可以说带着渴望，不过与希冀看一出著名的电影剧等的渴望并不一样。

弘一法师就是李叔同先生，我最初知道他在民国初年；那时上海有一种《太平洋报》，其艺术副刊由李先生主编，我对于副刊所载他的书画篆刻都中意。以后数年，听人说李先生已经出了家，在西湖某寺。游西湖时，在西泠印社石壁上见到李先生的“印藏”。去年子恺先生刊印《子恺漫画》，丏尊先生给它作序文，说起李先生的生活，我才知道得详明些；就从这时起，知道李先生现在称弘一了。

于是不免向子恺先生询问关于弘一法师的种种。承他详细见告。十分感兴趣之余，自然来了见一见的愿望，就向子恺先生说了。“好的，待有机缘，我同你去见他。”子恺先生的声调永远是这样朴素而真挚的。以后遇见子恺先生，他常常告诉我弘一法师的近况：记得有一次给我看弘一法师的来信，中间有“叶居士”云云，我看了很觉惭愧，虽然“居士”不是什么特别的尊称。

前此一星期，饭后去上工，劈面来三辆人力车。最先是个和尚，我并不介意。第二是子恺先生，他惊喜似的向我点头。我也点头，心里就闪电般想起“后面一定是他”。人力车夫跑得很快，第三辆一霎经过时，我见坐着的果然是个和尚，清癯的脸，颔下有稀疏的长髯。我的感情有点激动，“他来了！”这样想着，屡屡回头望那越去越远的车篷的后影。

第二天，就接到子恺先生的信，约我星期日到功德林去会见。

是深深尝了世间味，探了艺术之宫的，却回过来过那种通常以为枯寂的持律念佛的生活，他的态度该是怎样，他的言论该是怎样，实在难以悬揣。因此，在带着渴望的似乎从来不曾有过的洁净的心情里，还搀着些惝恍的成分。

走上功德林的扶梯，被侍者导引进那房间时，近十位先到的恬静地起立相迎。靠窗的左角，正是光线最明亮的地方，站着那位弘一法师，带笑的容颜，细小的眼眸子放出晶莹的光。丏尊先生给我介绍之后，叫我坐在弘一法师的侧边。弘一法师坐下来之后，就悠然数着手里的念珠。我想一颗念珠一声“阿弥陀佛”吧。本来没有什么话要向他谈，见这样更沉入近乎催眠状态的凝思，言语是全不需要了。可怪的是在座一些人，或是他的旧友，或是他的学生，在这难得的会晤时，似乎该有好些抒情的话与他谈，然而不然，大家也只默然不多开口。未必因僧俗殊途，尘净导致，而有所矜持吧。

或许他们以为这样默对一二小时，已胜于十年的晤谈了。

晴秋的午前的时光在恬然的静默中经过，觉得有难言的美。

随后又来了几位客，向弘一法师问几时来的，到什么地方去那些话。他的回答总是一句短语；可是殷勤极了，有如倾诉整个心愿。

因为弘一法师是过午不食的，11点钟就开始聚餐。我看他那曾经挥洒书画弹奏钢琴的手郑重地夹起一荚豇豆来，欢喜满足地送入口中去咀嚼的那种神情，真惭愧自己平时的乱吞胡咽。

“这碟子是酱油吧？”

以为他要酱油，某君想把酱油碟子移到他前面。

“不，是这个日本的居士要。”

果然，这位日本人道谢了，弘一法师于无形中体会到他的愿欲。

石岑先生爱谈人生问题，著有《人生哲学》，席间他请弘一法师谈些关于人生的意见。

“惭愧，”弘一法师虔敬地回答，“没有研究，不能说什么。”

以学佛的人对于人生问题没有研究，依通常的见解，至少是一句笑话。那么，他有研究而不肯说么？只看他那殷勤真挚的神情，见得这样想时就是罪过。他的确没有研究。研究云者，自己站在这东西的外面，而去爬剔、分析、检察这东西的意思。像弘一法师，他一心持律，一心念佛，再没有站到外面去的余裕。哪里能有研究呢？

我想，问他像他这样的生活，觉得达到了怎样一种境界，或者比较落实一点儿。然而健康的人不自觉健康，哀乐的当时也不能描状哀乐；境界又岂是说得出的。我就把这意思遣开；从侧面看弘一法师的长髯以及眼边细密的皱纹，出神久之。

饭后，他说约定了去见印光法师，谁愿意去可同去。印光法师这个名字知道得很久了，并且见过他的文抄，是现代净土宗的大师，自然也想见一见。同去者计七八人。

决定不坐人力车，弘一法师拔脚就走，我开始惊异他步履的轻捷。他的脚是赤着的，穿一双布缕缠成的行脚鞋。这是独特健康的象征啊，同行的一群人哪里有第二双这样的脚。

惭愧，我这年轻人常常落在他背后。我在他背后这样想：

他的行止笑语，真所谓纯任自然，使人永不能忘。然而在这背后却是极严谨的戒律。丏尊先生告诉我，他曾经叹息中国的律宗有待振起，可见他是持律极严的。他念佛，他过午不食，都为的持律。但持律而到达非由"外铄"的程度，人就只觉得他一切纯任自然了。

似乎他的心非常之安，躁忿全消，到处自得；似乎他以为这世间十分平和，十分安静，自己处身其间，甚而至于会把它淡忘。这因为他把所谓万象万事划开了一部分，而生活在留着的一部分内之故。这也是一种生活法，宗教家大概采用这种生活法。

他与我们差不多处在不同的两个世界。就如我，没有他的宗教的感情与信念，要过他那样的生活是不可能的。然而我自以为有点儿了解他，而且真诚地敬服他那种纯任自然的风度。哪一种生活法好呢？这是愚笨的无意义的问题。只有自己的生活法好，别的都不行，夸妄的人却常常这么想。友人某君曾说他不曾遇见一个人他愿意把自己的生活与这个人对调的，这是踌躇满志的话。人本来应当如此，否则浮漂浪荡，岂不像没舵之舟。然而某君又说尤其要紧的是同时得承认别人也未必愿意与我对调。这就与夸妄的人不同了；有这么一承认，非但不菲薄别人，并且致相当的尊敬。彼此因观感而潜移默化的事是有的。虽说各有其生活法，究竟不是不可破的坚壁；所谓圣贤者转移了什么什么人就是这么一回事。但是板着面孔专事菲薄别人的人决不能转移了谁。

到新闸太平寺，有人家借这里办丧事，乐工以为吊客来了，预备吹打起来。及见我们中间有一个和尚，而且问起的也是和尚，才知道误会，说道："他们都是佛教里的"。

寺役去通报时，弘一法师从包袱里取出一件大袖僧衣来（他平时穿的，袖子与我们的长衫袖子一样），恭而敬之地穿上身，眉宇间异样地静穆。我是欢喜四处看望的，见寺役走进去的沿街的那个房间里，有个躯体硕大的和尚刚洗了脸，背部略微伛着，我想这一定就是了。果然，弘一法师头一个跨进去时，就对这位和尚屈膝拜伏，动作严谨且安详。我心里肃然。有些人以为弘一法师该是和尚里的浪漫派，看见这样可知完全不对。

印光法师的皮肤呈褐色，肌理颇粗，一望而知是北方人；头顶几乎全秃，发光亮；脑额很阔；浓眉底下一双眼睛这时虽不戴眼镜，却用戴了眼镜从眼镜上方射出眼光来的样子看人，嘴唇略微皱瘪，大概六十左右了。弘一法师与印光法师并肩而坐，正是绝好的对比，一个是水样的秀美，飘逸，一个是山样的浑朴，凝重。

弘一法师合掌恳请了："几位居士都欢喜佛法，有曾经看了禅宗的语录的，今来见法师，请有所开示，慈悲，慈悲。"

对于这"慈悲，慈悲"，感到深长的趣味。

"嗯，看了语录。看了什么语录？"印光法师的声音带有神秘味。我想这话里或者就藏着机锋吧。没有人答应。弘一法师就指石岑先生，说这位先生看了语录的。

石岑先生因说也不专看哪几种语录，只曾从某先生研究过法相宗的义理。

这就开了印光法师的话源。他说学佛须要得实益，徒然嘴里说说，作几篇文字，没有道理；他说人眼前最紧要的事情是了生死，生死不了，非常危险；他说某先生只说自己才对，别人念佛就是迷信，真不应该。他说来声色有点儿严厉，间以呵喝。我想这触动他旧有的愤愤了。虽然不很清楚佛家的"我执""法执"的蕴涵是怎样，恐怕这样就有点儿近似。这使我未能满意。

弘一法师再作第二次恳请，希望于儒说佛法会通之点给我们开示。

印光法师说二者本一致，无非教人父慈子孝兄友弟恭等等。不过儒家说这是人的天职，人若不守天职就没有办法。佛家用因果来说，那就深奥得多。行善就有福，行恶就吃苦。人谁愿意吃苦呢？——他的话语很多，有零星的插话，有应验的故事，从其间可以窥见他的信仰与欢喜。他显然以传道者自任，故遇有机缘不惮尽力宣传；宣传家必有所执持又有所排抵，他自也不免。弘一法师可不同，他似乎春原上一株小树，毫不愧怍地欣欣向荣，却没有凌驾旁的卉木而上之的气概。

在佛徒中，这位老人的地位崇高极了，从他的文抄里，见有许多的信徒恳求他的指示，仿佛他就是往生净土的导引者。这想来由于他有很深的造诣，不过我们不清楚。但或者还有别一个原因。一般信徒觉得那个“佛”太渺远了，虽然一心皈依，总不免感到空虚；而印光法师却是眼睛看得见的，认他就是现世的“佛”，虔敬崇奉，亲接謦欬，这才觉得着实，满足了信仰的欲望。故可以说，印光法师乃是一般信徒用意想来装塑成功的偶像。

弘一法师第三次“慈悲，慈悲”地恳求时，是说这里有讲经义的书，可让居士们“请”几部回去。这个“请”字又有特别的味道。

房间的右角里，装订作似的，线装、平装的书堆着不少；不禁想起外间纷纷飞散的那些宣传品。由另一位和尚分派，我分到黄智海演述的《阿弥陀经白话解释》，大圆居士说的《般若波罗蜜多心经口义》，李荣祥编的《印光法师嘉言录》三种。中间《阿弥陀经白话解释》最好，详明之至。

于是弘一法师又屈膝拜伏，辞别。印光法师点着头，从不大敏捷的动作上显露他的老态。待我们都辞别了走出房间，弘一法师伸两手，郑重而轻捷地把两扇门拉上了。随即脱下那件大袖的僧衣，就人家停放在寺门内的包车上，方正平帖地把它折好包起来。

弘一法师就要回到江湾子恺先生的家里，石岑先生予同先生和我就向他告别。这位带有通常所谓仙气的和尚，将使我永远怀念了。

我们三个在电车站等车，滑稽地使用着“读后感”三个字，互诉对于这两位法师的感念。就是这一点，已足证我们不能为宗教家了，我想。

野　店

李广田

太阳下山了，又是一日之程，步行人，也觉得有点疲劳了。

你走进一个荒僻的小村落——这村落对你很生疏。然而又好像熟悉，因为你走过许多这样的小村落了。看看有些人家的大门已经闭起，有些也许还在半掩，有几个人正迈着沉重的脚步回家。后面跟着狗或牛羊，有的女人正站在门口张望，或用了柔缓的声音在招呼谁来晚餐，也许，又听到几处闭门声响了，“如果能到哪家门里去息下呀”，这时候你会这样想吧。但走不多远，你便会发现一座小店待在路旁，或十字路口，虽然明早还须赶路，而当晚你总能做得好梦了。“荒村雨露眠宜早，野店风霜起要迟”，这样的对联，会发现在一座宽大而破陋的店门上，有意无意地，总会叫旅人感到心暖吧。在这儿你会受到殷勤的招待，你们遇到一对很朴野、很温良的店主夫妇，他们的颜色和语气，会使你发生回到了老家的感觉。但有时，你也会遇着一个刁狡的村少，他会告诉你到前面的村镇还有多远，而实在并不那么远；他也会向你讨多少脚驴钱，而实在也并不值那么多。然而，他的刁狡，你也许并未看出刁狡得讨厌，他们也只是有点拙笨罢了。什么又不是拙笨的呢。一个青生铁的洗脸盆，像一口锅，那会是用过几世的了；一把黑泥的宜兴茶壶，尽够一个人喝半天，也许有人会说是非常古雅呢。饭菜呢，则只在分量上打算，“总得够吃，千里有缘的，无论如何，总不能亏心哪”。店主人会对了每个客人这样说。

在这样地方，你是很少感到寂寞的。因为既已疲劳了，你需要休息，不然，也总有些伙伴谈天儿。“四海之内皆兄弟呀。”你会听到有人这样大声笑着，喊：“啊，你不是从山北的下洼来的吗？那也就算是邻舍人了”。常听到这样的招呼。从山里来卖山果的，渡了河来卖鱼的，推车的、挑担的、卖皮鞭的、卖泥人的，拿破绳子换洋火的……也许还有一个老学究先生，现在却做着走方郎中了，这些人，都会偶然地成为一家了。他们总能说慷慨义气话，总是那样亲切而温厚地相照应，他们都很重视这些机缘，总以为这也有神的意思，说不定是为了将来的什么大患难，或什么大前程，而才有了这样一夕呢。如果是在冬天，便会有大方的店主抱了松枝或干柴来给煨火，这只算主人的款待，并不另取火钱。在和平与温暖中，于是一伙陌路人都来烘火而话家常了。

直到现在，虽然交通是比较便利了，但像这样的僻野地方，依然少有人知道所谓报纸新闻之类的东西。但这些地方并非完全无新闻，那就专靠这些挑担推车的人们了。他们走过了多少地方，他们同许多异地人相遇，一到了这样场合，便都争先恐后地倾吐他们所见所闻的一切。某个村子里出了什么人命盗案了，或是某个县城里正在哄传着一件什么阴谋的谣言，以及各地的货物行情等，他们都很熟悉。这类新闻，一经在小店里谈论之后，一到天明，也就会传遍了全村，也许又有许多街头人在那里议论纷纭，借题发挥起来呢。说是新闻，其实也并不完全新，也许已经是多年前的故事了，传说过多少次，忘了，又提起来了，鬼怪的，狐仙的，吊颈女人的，马贩子的艳遇，尼姑的犯规……都重在这里开演了。有的人要唱一支山歌，唱一阵南腔北调了。他们有时也谈一些国家大事，譬如战争灾异之类，然而这也只是些故事，像讲《封神演义》那样子讲讲罢了。火熄了，店主东早已去了，有些人也已经打了合铺，睡了，也许还有两个人正谈得很密切。譬如有两个比较年轻的人，这时候他们之中的一个也许会告诉，说是因为在故乡曾犯了什么不可饶恕的大罪过，他逃出来了，逃了这么远，几百里，几千里还不知道，而且也逃出了这许多年了。“我呢……”另一个也许说：“——我是为了要追寻一个潜逃了的老婆，为了她，我便作了这小小生意了。”他们也许会谈了很久，谈了整夜，而且竟订下了很好的交情。“鸡声茅店月，人迹板桥霜”，窗上发白，街上已经有人在走动着了，水筒的声音，辘轳的声音，仿佛是很远，很远，已经又到了赶路的时候了。

呼唤声、呵欠声、马蹄声……这时候忙乱的又是店主人。他又要向每个客人打招呼，问每个客人：盘费可还足吗？不曾丢掉了什么东西吗？如不是急于赶路，真应当用了早餐再走呢，等等。于是一伙路人，又各自拾起了各人的路，各向不同的方向跋涉去了。“几时再见呢？”“谁知道？一切都没准呢！”有人这样说。也许还有人多谈几句，也许还听到几声叹息，也许说：“我们这些浪荡货，一夕相聚又散了。散了，永不再见了，话谈得真投心，真投心呢！”

真是的，在这些场合中，纵然一个老江湖，也不能不有些惘然之情吧。更有趣的是在这样野店的土墙上，偶尔你也会读到用小刀或瓦砾写下来的句子，如某县某村某人在此一宿之类。有时，会读到些诗样的韵语。虽然都鄙俚不堪，而这些陌路人在一个偶然的机遇里，陌路的相遇又相知，他们一时高兴了，忘情一切了，或是想起一切了，便会毫不计较地把真情流露了出来，于是你就会感到一种特别的人间味。就如古人所歌咏的：

君乘车，我戴笠，
他日相逢下车揖；
君担簦，我跨马，
他日相逢为君下。

——这样的歌子，大概也是在这样的情形下产生的吧。

下 棋

梁实秋

有一种人我最不喜欢和他下棋，那便是太有涵养的人。杀死他一大块，或是抽了他一个车，他神色自若，不动火，不生气，好像是无关痛痒，使得你觉得索然寡味。君子无所争，下棋却是要争的。当你给对方一个严重威胁的时候，对方的头上青筋暴露，黄豆般的汗珠一颗颗地在额上陈列出来，或哭丧着脸做惨笑，或咕嘟着嘴做吃屎状，或抓耳挠腮，或大叫一声，或长吁短叹，或自怨自艾口中念念有词，或一串串的噎嗝打个不休，或红头涨脸如关公，种种现象，不一而足，这时节你“行有余力”便可以点起一支烟，或啜一碗茶，静静地欣赏对方的苦闷的象征。我想猎人困逐一只野兔的时候，其愉快大概略相仿佛。因此我悟出一点道理，和人下棋的时候，如果有机会使对方受窘，当然无所不用其极，如果被对方所窘，便努力做出不介意状，因为既不能积极地给对方以苦痛，只好消极的减少对方的乐趣。

自古博弈并称，全是属于赌的一类，而且只是比“饱食终日无所用心”略胜一筹而已。不过弈虽小术，亦可以观人。相传有慢性人，见对方走当头炮，便左思右想，不知是跳左边的马好，还是跳右边的马好，想了半个钟头而迟迟不决，急得对方拱手认输。是有这样的慢性人，每一着都要考虑，而且是加慢的考虑。我常想这种人如加入龟兔竞赛，也必定可以获胜。也有性急的人，下棋如赛跑，噼噼啪啪，草草了事，这仍就是饱食终日无所用心的一贯作风。下棋不能无争，争的范围有大有小，有斤斤计较而因小失大者，有不拘小节而眼观全局者，有短兵相接作生死斗者，有各自为战而旗鼓相当者，有赶尽杀绝一步不让者，有好勇斗狠同归于尽者，有一面下棋一面诮骂者，但最不幸的是争的范围超出了棋盘而拳足交加。有下象棋者，久而无声响，排闼视之，阒不见人，原来他们是在门后角里扭作一团，一个人骑在另一个人的身上，在他的口里挖车呢。被挖者不敢出声，出声则口张，口张则车被挖回，挖回则必悔棋，悔棋则不得胜，这种认真的态度憨得可爱。我曾见过二人手谈，起先是坐着，神情潇洒，望之如神仙中人，俄而棋势吃紧，两人都站起来了，剑拔弩张，如斗鹌鹑，最后到了生死关头，两个人跳到桌上去了！

笠翁《闲情偶寄》说弈棋不如观棋，因观者无得失心，观棋是有趣的事，如看斗牛、斗鸡、斗蟋蟀一般。但是观棋也有难过处，观棋不语是一种痛苦，喉间硬是痒得出奇，思一吐为快。看见一个人要入陷阱而不作声是几乎不可能的事。如果说得中肯，其中一个人要厌恨你，暗暗地骂一声："多嘴驴！"另一个人也不感激你，心想："难道我还不晓得这样走！"如果说得不中肯，两个人要一齐嗤之以鼻："无见识奴！"如果根本不说，憋在心里，受病。所以有人于挨了一个耳光之后还要抚着热辣辣的嘴巴大呼："要抽车，要抽车！"

下棋只是为了消遣，其所以能使这样多人嗜此不疲者，是因为它颇合于人类好斗的本能，这是一种"斗智不斗力"的游戏。所以瓜棚豆架之下，与世无争的村夫野老不免一枰相对，消此永昼；闹市茶寮之中，常有有闲阶级的人士下棋消遣，"不为无益之事，何以遣此有涯之生"？宦海里翻过身最后退隐东山的大人先生们，髀肉复生而英雄无用武之地，也只好闲来对弈，了此残生，下棋全是"剩余精力"的发泄。人总是要斗的，总是要钩心斗角地和人争逐的。与其和人争权夺利，还不如在棋盘上多占几个官；与其招摇撞骗，还不如在棋盘上抽上一车。宋人笔记曾载有一段故事："李讷仆射，性卞急，酷好弈棋，每下子安详，极于宽缓。往往躁怒作，家人辈则密以弈具陈于前。讷睹，便忻然改容，以取其子布弄，都忘其恚矣。"（《南部新书》）下棋，有没有这样陶冶性情之功，我不敢说，不过有人下起棋来确实是把性命都可置诸度外。我有两个朋友下棋，警报作，不动声色。俄而弹落，棋子被震得在盘上跳荡，屋瓦乱飞。其中一位棋瘾较小者变色而起，被对方一把拉住："你走！那就算是你输了。"此公深得棋中之趣。

我的童年

柯　灵

我有许多缺点，其一是数学低能。小小一个数字，最简单的加和减，可以算老半天，还算不清楚。有一次要算一笔账，是一万几千几百几十几元几角几分，除去一万还剩多少。那成串的阿拉伯字骇住了我，我想，太艰深了，不行，赶快请教旁边一位学会计的朋友。他愣了一愣："怎么，这还算不出来？"我呆呆地看着，听他说："除了一万，不还有几千几百几十几？"叫他这一说，我才恍然大悟，可不是吗，太容易了！我怎么还算不出来？

不懂数学使我吃了大亏。我没有科学头脑，不能条分缕析，有计划地做事，大概跟这个缺点有关。但像前面这样简单的算法，我还不至于算不出来，为什么一笨至此呢？考察原因，只是因为懒得用心。仗着自己不会算，索性对阿拉伯字存心别扭，没看见它们，先抱了"敬而远之"的态度。原来犯的正是自暴自弃的毛病。

这病根还真深，是从小种下了的。在小学校里我就不喜欢算术，平常敷衍了事，考试起来，一狠心就交它个白卷。跟一般少年一样，我有强烈的好胜心，可是对这一门自愿认输，而且处之恝然。如今纵然想“老牛爬槛”，不用想再爬上去了。

我小时候最出色的功课是图画，老师赞许，同学羡慕，自己也颇得意。当时对绘画的兴致也真浓，到处观摩，到处学习。乡僻处不容易找到画谱，香烟里的“洋片”成了我最宝爱的恩物。有一种“洋片”，专画风景，这小纸片上的云树山川，曾使我反反复复作醉心的神游。二十几年了，透过辽远的岁月，无数人事的压积，在我衰退的记忆里，还鲜明地印着这些画幅：题着《夕阳返照》的是，平远的秋林，灼灼的晚霞，临水人家，一个村姑临流浣衣，双手插在水里，夕阳照得她满脸通红。题着《渔村夜月》的是，天连水，水连天，天上一轮圆月，水滨一个小小人影，扳起一张四角玲珑的大网。《欸乃一声山水绿》，一江春水，一痕远山，扶疏的树影下有一叶扁舟，舟子正悠然打桨，仿佛桨声里也荡漾着绿意……

如果家里能培植我，或者我自己能够潜修苦练，我想我是很可能成为一个画家的。并不是说我有这种才分，给我自信的是兴趣，兴趣是一切事业的始基。

可惜后来我的兴趣转到了看“小说书”一方面。我还记得，是一位善于讲故事的同学，他灵活的口才引我打开教科书以外的书本。第一部是《西游记》。生字真多，词句更多不能了然。我的办法是，看见生字就跳过去，丢开不管，或者自作主张替它假定音义，这在我们那时候的术语叫作“杀强盗”；整句不懂的就打哑谜。情形苦得很。但慢慢地终于看出了味道，虽然眼睛害着病，见光就睁不开，还在摇晃的烛影里看得津津有味。

这以后，书本成了我的密友，不断地看，大都是旧小说，更多的是武侠小说，文言的也看——初看起来真吃力，渐渐地也就习惯了。看见书，就像遇见熟人，忍不住拿起来翻弄翻弄。后来慢慢从旧书看到新书和杂志，《少年杂志》《小说世界》，然后是《洪水》《小说月报》……从虚幻到现实，从万花缭乱的惊奇故事到有血有肉的人生，我似乎忽然懂事了许多，一个人坐在静静的院落里，捧着一本书，为它的悲欢离合笑着，流着眼泪，似乎全生命都浸到了书本里。现在想来，那种快乐的沉醉是多么动人，可是这种情景远了，远了，永远不回来了。

我是少年失学者，今天能靠一支笔生活，而且不仅生活，而且也自以为用笔做了一点多少有益于人的工作，追究因缘，应当感谢那些书本。我就这样开始看的书，接着看报，把报纸副刊上爱读的文章细磨细琢地抄下来。学着思索，学着自己动手写。

弄文艺不能孤单单地舞文弄墨，应该什么都懂一点。但等我明白这道理的时候，晚了。这从小养成的狭窄的兴趣成全了我，也苦了我。真是“老大徒伤悲”，纵然我有野心再进修一点别的什么学问，生活环境不允许了。例如数学，即使最简单的，我也只好安心做笨蛋，为的是没有兴趣。陶行知先生说：“做到老，学到老，学到老，学不了。”学问本如烟海，年龄当然限制不了人的努力，可是做学问的兴趣能从小养成，轻车熟道，到底方便得多。

有一个故事：一位贵妇人跑去看一位著名的教育家，诚诚恳恳请教她的孩子什么时候可以开始教育。教育家问："你的孩子什么时候可以出世呢？"妇人笑道："早出世了，已经一岁多了。"教育家说："快回去，你已经晚了一年多。现在就开始，也许还来得及。"

这故事告诉我们，什么都得从小来。少年人自以为来日方长，不妨等将来再说。可是等到将来，就什么都晚了，来不及了。

宗月大师

老　舍

在我小的时候，我因家贫而身体很弱。我九岁才入学。因家贫体弱，母亲有时候想教我去上学，又怕我受人家的欺侮，更因交不上学费，所以一直到九岁我还不识一个字。说不定，我会一辈子也得不到读书的机会。因为母亲虽然知道读书的重要，可是每月间三四吊钱的学费，实在让她为难。母亲是最喜脸面的人。她迟疑不决，光阴又不等待着任何人，荒来荒去，我也许就长到十多岁了。一个十多岁的贫而不识字的孩子，很自然地去做个小买卖——弄个小筐，卖些花生、煮豌豆，或樱桃什么的。要不然就是去学徒。母亲很爱我，但是假若我能去做学徒，或提篮沿街卖樱桃而每天赚几百钱，她或者就不会坚决地反对。穷困比爱心更有力量。

有一天刘大叔偶然地来了。我说“偶然地”，因为他不常来看我们。他是个极富的人，尽管他心中并无贫富之别，可是他的财富使他终日不得闲，几乎没有工夫来看穷朋友。一进门，他看见了我。

“孩子几岁了？上学没有？”他问我的母亲。他的声音是那么洪亮（在酒后，他常以学喊俞振庭的《金钱豹》自傲），他的衣服是那么华丽，他的眼是那么亮，他的脸和手是那么白嫩肥胖，使我感到我大概是犯了什么罪。我们的小屋，破桌凳，土炕，几乎禁不住他的声音的震动。等我母亲回答完，刘大叔马上决定：“明天早上我来，带他上学，学钱、书籍，大姐你都不必管！”我的心跳起多高，谁知道上学是怎么一回事呢！

第二天，我像一条不体面的小狗似的，随着这位阔人去入学。学校是一家改良私塾，在离我的家有半里多地的一座道士庙里。庙不甚大，而充满了各种气味：一进山门先有一股大烟味，紧跟着便是糖精味（有一家熬制糖球糖块的作坊），再往里，是厕所味，与别的臭味。学校是在大殿里。大殿两旁的小屋住着道士，和道士的家眷。大殿里很黑、很冷。神像都用黄布挡着，供桌上摆着孔圣人的牌位。学生都面朝西坐着，一共有三十来人。西墙上有一块黑板——这是“改良”私塾。老师姓李，一位极死板而极有爱心的中年人。刘大叔和李老师“嚷”了一顿，而后教我拜圣人及老师。老师给了我一本《地球韵言》和一本《三字经》。我于是，就变成了学生。

自从做了学生以后，我时常地到刘大叔的家中去。他的宅子有两个大院子，院中几十间房屋都是出廊的。院后，还有一座相当大的花园。宅子的左右前后全是他的房屋，若是把那些房子齐齐地排起来，可以占半条大街。此外，他还有几处铺店。每逢我去，他必招呼我吃饭，或给我一些我没有看见过的点心。他绝不以我为一个苦孩子而冷淡我，他是阔大爷，但是他不以富傲人。

在我由私塾转入公立学校去的时候，刘大叔又来帮忙。这时候，他的财产已大半出了手。他是阔大爷，他只懂得花钱，而不知道计算。人们吃他，他甘心教他们吃；人们骗他，他付之一笑。他的财产有一部分是卖掉的，也有一部分是被人骗了去的。他不管；他的笑声照旧是洪亮的。

到我在中学毕业的时候，他已一贫如洗，什么财产也没有了，只剩了那个后花园。不过，在这个时候，假若他肯用用心思，去调整他的产业，他还能有办法教自己丰衣足食，因为他的好多财产是被人家骗了去的。可是，他不肯去请律师。贫与富在他心中是完全一样的。假若在这时候，他要是不再随便花钱，他至少可以保住那座花园，和城外的地产。可是，他好善。尽管他自己的儿女受着饥寒，尽管他自己受尽折磨，他还是去办贫儿学校、粥厂等等慈善事业。他忘了自己。就是在这个时候，我和他过往得最密。他办贫儿学校，我去做义务教师。他施舍粮米，我去帮忙调查及散放。在我的心里，我很明白：放粮放钱不过只是延长贫民的受苦难的日期，而不足以阻拦住死亡。但是，看刘大叔那么热心，那么真诚，我就顾不得和他辩论，而只好也出点力了。即使我和他辩论，我也不会得胜，人情是往往能战败理智的。

在我出国以前，刘大叔的儿子死了。而后，他的花园也出了手。他入庙为僧，夫人与小姐入庵为尼。由他的性格来说，他似乎势必走入避世学禅的一途。但是由他的生活习惯上来说，大家总以为他不过能念念经，布施布施僧道而已，而绝对不会受戒出家。他居然出了家。在以前，他吃的是山珍海味，穿的是绫罗绸缎。他也嫖也赌。现在，他每日一餐，入秋还穿着件夏布道袍。这样苦修，他的脸上还是红红的，笑声还是洪亮的。对佛学，他有多么深的认识，我不敢说。我却真知道他是个好和尚，他知道一点便去做一点，能做一点便做一点。他的学问也许不高，但是他所知道的都能见诸实行。

出家以后，他不久就做了一座大寺的方丈。可是没有好久就被驱除出来。他是要做真和尚，所以他不惜变卖庙产去救济苦人。庙里不要这种方丈。一般地说，方丈的责任是要扩充庙产，而不是救苦救难的。离开大寺，他到一座没有任何产业的庙里做方丈。他自己既没有钱，他还须天天为僧众们找到斋吃。同时，他还举办粥厂等等慈善事业。他穷，他忙，他每日只进一顿简单的素餐，可是他的笑声还是那么洪亮。他的庙里不应佛事，赶到有人来请，他便领着僧众给人家去唪真经，不要报酬。他整天不在庙里，但是他并没忘了修持；他持戒越来越严，对经义也深有所获。他白天在各处筹钱办事，晚间在小室里做工夫。谁见到这位破和尚也不曾想到他曾是个在金子里长起来的阔大爷。

去年，有一天他正给一位圆寂了的和尚念经，他忽然闭上了眼，就坐化了。火葬后，人们在他的身上发现许多舍利。

没有他，我也许一辈子也不会入学读书。没有他，我也许永远想不起帮助别人有什么乐趣与意义。他是不是真的成了佛？我不知道。但是，我的确相信他的居心与言行是与佛相近似的。我在精神上物质上都受过他的好处，现在我的确愿意他真的成了佛，并且盼望他以佛心引领我向善，正像在三十五年前，他拉着我去入私塾那样！

他是宗月大师。

捡麦穗

张　洁

在农村长大的姑娘谁还不知道捡麦穗这回事。

我要说的，却是几十年前的那段往事。

或许可以这样说，捡麦穗的时节，也是最能引动姑娘们遐想的时节。

在那月残星疏的清晨，挎着一空篮子，顺着田埂上的小路走去捡麦穗的时候，她想的是什么呢？

等到田野上腾起一层薄雾，月亮，像是偷偷地睡过一觉重又悄悄地回到天边，她方才挎着装满麦穗的篮子，走回自家那孔破窑洞的时候，她又想的是什么呢？

唉，她能想什么呢！

假如你没有在那种日子里生活过，你永远也无法想象，从这一颗颗丢在地里的麦穗上，会生出什么样的痴想。

她拼命地捡呐、捡呐，一个捡麦穗的时节也许能捡上一斗？她把这麦子卖了，再把这钱攒起来，等到赶集的时候，扯上花布，买上花线，然后她剪呀、缝呀、绣呀……也不见她穿、也不见她戴，谁也没和谁合计过，谁也没和谁商量过，可是等到出嫁的那一天，她们全会把这些东西，装进她们新嫁娘的包裹里去。

不过，当她们把捡麦穗时所伴着的痴想，一同包进包裹里的时候，她们会突然发现那些痴想全都变了味儿。觉得多少年来，她们捡呀、缝呀、绣呀的是多么傻！她们要嫁的那个男人，和她们在捡麦穗、扯花布、绣花鞋的时候所幻想的那个男人，有着多么的不同。

但是，她们还是依依顺顺地嫁了出去。只不过在穿戴那些衣物的时候，再也找不到做它、缝它时的情怀了。

这又算得了什么呢。谁也不会为她们叹上一口气，谁也不会关心她们曾经有过的那份痴想，甚至连她们自己也不会感到过分的悲伤，顶多不过像是丢失了一个美丽的梦。有谁见过哪个人会死乞白赖地寻找一个丢失的梦呢？

当我刚刚能够歪歪趔趔地提着一个篮子跑路的时候，就跟在大姐姐们的身边后捡麦穗了。

对我来说，那篮子未免太大，老是磕碰着我的腿和地面，时不时就让我跌上一跤，我也少有捡满一篮子的时候。我看不见地里的麦穗，却总是看见蚂蚱和蝴蝶，当我追赶它们的时候，好不容易捡到麦穗，还会从篮子里重新掉回地里。

有一天，二姨看着我那盛着稀稀拉拉几个麦穗的篮子说：“看看，我家大雁也会捡麦穗了。”然后又戏谑地问我：“大雁，告诉二姨，你捡麦穗做啥？”

我大言不惭地说：“我要备嫁妆哩！”

二姨贼眉贼眼地笑了，还向围在我们周围的姑娘、婆姨们眨了眨她那双不大的眼睛：“你要嫁谁呀？”

是呀，我要嫁谁呢？我想起那个卖灶糖的老汉，说：“我要嫁给那个卖灶糖的老汉！”

她们全都放声大笑，像一群鸭子一样嘎嘎地叫着。笑啥嘛！我生气了。难道做我的男人，他有什么不体面的吗？

卖灶糖的老汉有多大年纪了？不知道。他脸上的皱纹一道挨着一道，顺着眉毛弯向两个太阳穴，又顺着腮帮弯向嘴角。那些皱纹，为他的脸增添了许多慈祥的笑意。当他挑着担子赶路的时候，他那剃得半个葫芦样的后脑勺上的长长白发，便随着颤悠悠的扁担一同忽闪着。

我的话，很快就传进了他的耳朵。

那天，他挑着担子来到我们村，见到我就乐了，说：“娃呀，你要给我做媳妇吗？”

“对呀！”

他张着大嘴笑了，露出了一嘴的黄牙。他那半个葫芦样的头上的白发，也随着笑声一齐抖动着。

“你为啥要给我做媳妇呢？”

“我要天天吃灶糖呢！”

他把旱烟锅子往鞋底子上磕了磕，说："娃呀，你太小哩。"

我说："你等我长大嘛。"

他摸着我的头顶说："不等你长大，我可该进土了。"

听了这话，我着急了。他要是死了，那可咋办呢？我那淡淡的眉毛，在满是金黄色的茸毛的脑门上拧成了疙瘩，我的脸也皱巴得像个核桃。

他赶紧拿块灶糖塞进我的手里。看着那块灶糖，我又咧嘴笑了："你别死啊，等着我长大。"

他笑眯眯地答应着我："我等你长大。"

"你家住在呵哒[①]？"

"这担子就是我的家，走到呵哒，就歇在呵哒。"

我犯愁了："等我长大上呵哒寻你去呀。"

"你莫愁，等你长大我来接你。"

这以后，每逢经过我们这个村，他总是带些小礼物给我。一块灶糖、一个甜瓜、一把红枣……还乐呵呵地对我说："看看我的小媳妇来呀。"

我呢，也学着大姑娘的样子，让我娘找块碎布给我剪了个烟荷包，还让我娘在布上描了花样。我缝呀、绣呀……烟荷包绣好了，我娘笑得个前仰后合，说那不是烟荷包，皱皱巴巴的倒像个猪肚子。我让我娘给我收了起来，我说了，等我出嫁的时候，我要送给我男人。

---

① 呵哒，方言，意为"哪儿"。

我渐渐地长大了，到了知道认真地拣麦穗的年龄了。懂得了我说过的那些个话，都是让人害臊的话，卖灶糖的老汉也不再开那玩笑，叫我是他的小媳妇了。不过他还是常常带些小礼物给我。我知道，他真的疼我呢。

我不明白为什么，我倒真是越来越依恋他。每逢他经过我们村子，我都会送他好远。我站在土坎坎上，看着他的背影，渐渐地消失在山坳坳里。

年复一年，我看得出来，他的背更弯了，步履也更加蹒跚了。这时我真的担心了，担心他早晚有一天会死去。

有一年，过腊八节的前一天，约摸着卖灶糖的老汉那一天该会经过我们村。我站在村口上一棵已经落尽叶子的柿子树下，朝沟底下的那条大路上望着，等着。

那棵树的顶梢梢上，还挂着一个小火柿子。小火柿子让冬日的太阳一照，更是红得透亮。那柿子多半是因为长在太高的枝子上，才没让人摘下来。真怪，也没让风刮下来、让雨打下来、让雪压下来。

路上来了一个挑担子的人，走近一看，担子上挑的也是灶糖，人可不是那个卖灶糖的老汉了。我向他打听卖灶糖的老汉，他告诉我，卖灶糖的老汉老去了。

我仍旧站在那棵柿子树下，望着树梢上那个孤零零的小火柿子。它那红得透亮的色泽，依然给人一种喜盈盈的感觉。可是我却哭了。哭那陌生的，但却疼爱我的卖灶糖的老汉。

后来我常想，他为什么疼爱我呢？无非因为我是个贪吃的，因为丑陋而又少人疼爱的孩子吧。

等我长大以后，总感到除了母亲，再没有谁能够像他那样朴素地疼爱过我——没有任何希求，也没有任何企望的。

我常常想念他，也常常想要找到我那个像猪肚子一样的烟荷包。可是，它早已不知被我丢到哪里去了。

往　事

冰　心

父亲的朋友送给我们两缸莲花：一缸是红的，一缸是白的，都摆在院子里。

八年之久，我没有在院子里看莲花了——但故乡的园院里，却有许多：不但有并蒂的，还有三蒂的、四蒂的，都是红莲。

九年前的一个月夜，祖父和我在园里乘凉。祖父笑着和我说："我们园里最初开三蒂莲的时候，正好我们大家庭中添了你们三个姊妹。大家都喜欢，说是应了花瑞。"

半夜里听见繁杂的雨声，早起是浓阴的天，我觉得有些烦闷。从窗内往外看时，那一朵白莲已经谢了，白瓣儿小船般散飘在水面。梗上只留下小小的莲蓬，和几根淡黄色的花须。那一朵红莲，昨夜还是菡萏的，今晨却开满了，亭亭地在绿叶中间立着。

仍是不适意！——徘徊了一会儿，窗外雷声作了，大雨接着就来，愈下愈大。那朵红莲，被那繁密的雨点，打得左右欹斜。在无遮蔽的天空之下，我不敢下阶去，也无法可想。

对屋里母亲唤着，我连忙走过去，坐在母亲旁边——一回头忽然看见红莲旁边的一个大荷叶，慢慢地倾侧了来，正覆盖在红莲上面……我不宁的心绪散尽了！

我心中深深地受了感动——雨点不住地打着，只能在勇敢慈怜的荷叶上面，聚了些流转无力的水珠。

雨势并不减退，红莲却不摇动了。

母亲哪！你是荷叶，我是红莲。心中的雨点来了，除了你，谁是我在无遮拦天空下的荫蔽？

怀魏握青君

朱自清

两年前差不多也是这些日子吧，我邀了几个熟朋友，在雪香斋给握青送行。雪香斋以绍酒著名。这几个人多半是浙江人，握青也是的，而又有一两个是酒徒，所以便拣了这地方。说到酒，莲花白太腻，白干太烈；一是北方的佳人，一是关西的大汉，都不宜于浅斟低酌。只有黄酒，如温旧书，如对故友，真是醰醰有味。只可惜雪香斋的酒还上了色；若是“竹叶青”，那就更妙了。握青是到美国留学去，要住上三年；这么远的路，这么多的日子，大家确有些惜别，所以那晚酒都喝得不少。出门分手，握青又要我去中天看电影。我坐下直觉头晕。握青说电影如何如何，我只糊糊涂涂听着；几回想张眼看，却什么也看不出。终于支持不住，出其不意，哇地吐出来了。观众都吃一惊，附近的人全堵上了鼻子；这真有些惶恐。握青扶我回到旅馆，他也吐了。但我们心里都觉得这一晚很痛快。我想握青该还记得那种狼狈的光景吧?

我与握青相识，是在东南大学。那时正是暑假，中华教育改进社借那儿开会。我与方光焘君去旁听，偶然遇着握青；方君是他的同乡，一向认识，便给我们介绍了。那时我只知道他很活动，会交际而已。匆匆一面，便未再见。三年前，我北来作教，恰好与他同事。我初到，许多事都不知怎样做好；他给了我许多帮助。我们同住在一个院子里，吃饭也在一处。因此常和他谈论。我渐渐知道他不只是很活动，会交际；他有他的真心，他有他的锐眼，他也有他的傻样子。许多朋友都以为他是个傻小子，大家都叫他老魏，连听差背地里也是这样叫他；这个太亲昵的称呼，只有他有。

但他绝不如我们所想的那么“傻”，他是个玩世不恭的人——至少我在北京见着他是如此。那时他已一度受过人生的戒，从前所有多或少的严肃气氛，暂时都隐藏起来了；剩下的只是那冷然的玩弄一切的态度。我们知道这种剑锋般的态度，若赤裸裸地露出，便是自己矛盾，所以总得用了什么法子盖藏着。他用的是一副傻子的面具。我有时要揭开他这副面具，他便说我是《语丝》派。但他知道我，并不比我知道他少。他能由我一个短语，知道全篇的故事。他对于别人，也能知道；但只默喻着，不大肯说出。他的玩世，在有些事情上，也许太随便些。但以或种意义说，他要复仇；人总是人，又有什么办法呢？至少我是原谅他的。

以上其实也只说得他的一面；他有时也能为人尽心竭力。他曾为我决定一件极为难的事。我们沿着墙根，走了不知多少趟；他原原本本，条分缕析地将形势剖解给我听。你想，这岂是傻子所能做的？幸亏有这一面，他还能高高兴兴过日子；不然，没有笑，没有泪，只有冷脸，只有“鬼脸”，岂不郁郁地闷煞人！

我最不能忘的，是他动身前不多时的一个月夜。电灯灭后，月光照了满院，柏树森森地竦立着。屋内人都睡了；我们站在月光里，柏树旁，看着自己的影子。他轻轻地诉说他生平冒险的故事。说一会儿，静默一会儿。这是一个幽奇的境界。他叙述时，脸上隐约浮着微笑，就是他心地平静时常浮在他脸上的微笑；一面偏着头，老像发问似的。这种月光，这种院子，这种柏树，这种谈话，都很可珍贵；就由握青自己再来一次，怕也不一样的。

他走之前，很愿我做些文字送他；但又用玩世的态度说：“怕不肯吧？我晓得，你不肯的。”我说：“一定做，而且一定写成一幅横披——只是字不行些”。但是我惭愧我的懒，那“一定”早已几乎变成“不肯”了！而且他来了两封信，我竟未复只字。这叫我怎样说好呢？我实在有种坏脾气，觉得路太遥远，竟有些渺茫一般，什么便都因循下来了。好在他的成绩很好，我是知道的；只此就很够了。别的，反正他明年就回来，我们再好好地谈几次，这是要紧的。——我想，握青也许不那么玩世了吧。